著 スティーブ・パーカー
絵 アンドリュー・ベイカー
訳 千葉啓恵

BODY
世にも美しい
人体図鑑
A GRAPHIC GUIDE TO US

INTRODUCTION

私たちの「最もかけがえのない持ち物」である人体について

　人体。すべての人間が持っているそれは、持ち主だけでなく家族や親友からも愛され大事にされたときこそ、その力を最大限に発揮する。人体やそれにまつわるあれこれについて、すべてを知りたくない人などいるのだろうか？

　インフォグラフィックは情報と知識を組み合わせて図式化したもので、色や形を使うことにより、言葉や専門知識を超えることができる。インフォグラフィックは直感的に理解できるし身につきやすい。言葉の壁を超えて簡単に思い出せるし、どんな人でもというより、誰でもみんなが理解できる。統計やデータも面白くながめられるし、一度覚えたらそうそう忘れることはない。

　そう考えると、人体とインフォグラフィックという2つのテーマを結びつけるのは、素晴らしいアイデアに思えた。だが、どうやってまとめ上げたらいいのだろう？　人体をテーマとした本は、骨や筋肉、心臓、血液、消化管、脳、神経といった十数種類の組織について、ざっと紹介しているものばかりだ。だが、この本は違うものにしたかった。

　ルネサンス時代や近代的な学問の誕生まで遡ってみると、人体に関する研究方法は主に2つあった。1つ目の解剖学は、人体の形、人体を作っている物質、人体の構造がテーマで、アンドレアス・ヴェサリウスが1543年に出版したきわめて画期的な著書である、『人体の構造（ファブリカ）』をきっかけに発展した。解剖学を補うもう1つの方法が生理学だ。化学的な作用や機能という考え方が導入されたのは、ジャン・フェルネルの1567年〔訳注：初稿は1554年の『医学』に収録〕の著書、『生理学』がきっかけである。この2つのテーマの組み合わせは、現在でも人体の生物学と医学の基盤となっており、本書でも第1章と

　第2章で取り上げた。それからずいぶん後になって登場した遺伝学が第3章のテーマだ。遺伝学は20世紀半ばに登場したばかりで、1953年にジェームズ・ワトソンとフランシス・クリックがDNAの構造を発見したことは、科学における最大の発見の1つとなっている。

　人体は感覚を通してさまざまなことを理解し経験するが、こうした主な感覚については第4章で詳しく取り上げよう。第5章で解説しているように、細胞や組織、器官といった人体の構成要素も、徹底的な調整によって1つのまとまりのある存在を創り上げている。この生命体の頂上に位置し、主要な指揮管理センターであり、イントラネットの中心であり、自覚や知覚や意識の生じる場である脳については、第6章で解説する。ここまでは、大人の体について取り上げてきたが、どんな人体にも過去がある。人体はとても小さな受精卵として始まるが、やがて大きさや複雑さは数十億倍も増加する。第7章ではこうした生命のサイクルをたどってみよう。また、どこかに問題がある場合に手を差しのべてくれる医学については、第8章で紹介する。

　人体の本とはいえ、すべてを取り上げることなど不可能だ。だが、刺激的なことや面白いこと、驚くべきことやほかとは違う驚くこと、地域的なことや世界的なことを選び、特に本書のようなグラフィックを使うことで、その代わりを果たすことはできるだろう。本書ではフローチャートや図形、地図、段階図、時系列図、シンボル、視覚言語、アイコン、円グラフ、棒グラフなどの方法がすべて使われている。それらが示す基本的なデータは、膨大な量の生データやありのままの事実や情報を測定し、順序よくまとめ上げ、分析してきた人たちのおかげで得られてきた。私たちの役割は、それらのデータを見つけだして意味を読み解き、読者が面白いと思って心に留めてくれるような形にすることだ。本書を手にとった人たちが、自分の最もかけがえのない持ち物、つまり人体について少しでも理解を深め、大切にしようと思ってもらえればいいと願っている。

CONTENT

はじめに ……………………………… 002

第1章
数字でわかる人体
PHYSICAL BODY

01 もしも人体が1000倍になったら …… 012
02 人間の身長はどこまで伸びる？ …… 014
03 人体の数だけ体型がある …………… 016
04 人体に秘められた
　 美しいバランスと単位 ……………… 018
05 人体をくまなく観察するには ……… 020
06 人体を透視して見ると…… ………… 022
07 こんなにもある！
　 人体のさまざまな機能 ……………… 024
08 人体のパーツを
　 重さ順に並べてみると…… ………… 026
09 骨の数を数えてみよう ……………… 028
10 人類は歯が命 ………………………… 030
11 どこまで伸びる人体の管 …………… 032
12 すごい筋肉選手権 …………………… 034
13 筋肉に秘められたおそるべき力 …… 036
14 関節はどこまで動く？ ……………… 038
15 呼吸の正体 …………………………… 040
16 生命の鼓動を感じる場所 …………… 042
17 あなたの体中を流れる血について … 044
18 一流アスリートの条件とは？ ……… 046
19 人体の限界への挑戦 ………………… 048

第2章
人体の見えない働き
CHEMICAL BODY

- **01** 体内の化学工場 …………………… 052
- **02** 水のないところに人体はない …… 054
- **03** 私たちが基本的に摂取しているもの … 056
- **04** 微量だけれど大切な栄養素 ……… 058
- **05** 人体が消費するエネルギー ……… 060
- **06** 人体の主なエネルギー源と、
  それを消費する主な活動一覧 …… 062
- **07** こうして食べ物は消化される …… 064
- **08** 血液の成分を突き止めるには …… 066
- **09** 生き延びるための化学作用 ……… 068

第3章
遺伝する人体
GENETIC BODY

- **01** 細胞の内部を覗いてみると…… …… 072
- **02** 個性派ぞろいの細胞たち ………… 074
- **03** DNAに書き込まれた暗号を解け！ … 076
- **04** ゲノム：人体を作る指令書 ……… 078
- **05** 遺伝子から人体の部品ができるまで … 080
- **06** 細胞のオーダーメイド：
  ヘモグロビンの場合 …………… 082
- **07** DNAの複製工場 ………………… 084
- **08** 細胞の分裂とその一生 …………… 086
- **09** 短命な細胞から長寿な細胞まで … 088
- **10** 遺伝子の相互作用が血液型を生む … 090
- **11** えくぼでわかる遺伝の仕組み …… 092
- **12** DNAでたどる現生人類の起源 …… 094

第4章
感じる人体
SENSITIVE BODY

- 01 世界を知覚する驚異のカメラ …… 098
- 02 盲点があるのはなぜ？ …… 100
- 03 脳がつくり出す「現実」…… 102
- 04 聴覚：空気の振動が電気信号に変わるまで …… 104
- 05 音が立体的に聞こえる仕組み …… 106
- 06 ああもう、うるさい！ …… 108
- 07 においが脳に届くまで …… 110
- 08 最高の味は一日にして成らず …… 112
- 09 感覚のオールスターズ …… 114
- 10 体の動きが「わかる」理由 …… 116
- 11 全身から生まれる平衡感覚 …… 118
- 12 感覚のコントロールセンター …… 120
- 13 感覚をマッピングしてみたら …… 122

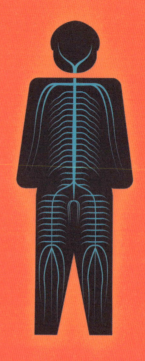

第5章
ひとつになる人体
COORDINATED BODY

- 01 人体をまとめ上げる神経系の全貌 …… 126
- 02 頭は神経のプラットホーム …… 128
- 03 神経シグナルのバトンタッチ …… 130
- 04 脳と体をリンクさせるもの …… 132
- 05 それは反射？ それとも反応？ …… 134
- 06 勝手に働く自律神経 …… 136
- 07 人体のマスタースイッチ …… 138
- 08 人体をコントロールする化学物質たち …… 140
- 09 拮抗するホルモン …… 142
- 10 安定を維持する連携プレー …… 144

第6章
考える人体
THINKING BODY

- 01 脳を数字で測ってみると……? 148
- 02 ブロードマンの脳地図 150
- 03 脳のガードはこんなに固い 152
- 04 脳の断面図 154
- 05 体よ、動け! 156
- 06 左脳vs.右脳、左利きvs.右利き 158
- 07 脳を流れる液体 160
- 08 脳の隙間を埋めるもの 162
- 09 脳と体の中継地点 164
- 10 「頭が重い」のは誰? 166
- 11 めくるめく共感覚の世界 168
- 12 脳vs.コンピューター 170
- 13 記憶はチームプレー 172
- 14 感情を生む脳、支配される体 174
- 15 脳にある時計 176
- 16 眠りに落ちるまで 178
- 17 あなたが眠っている間に 180

第7章
成長する人体
GROWING BODY

- 01 赤ちゃんができる前の準備 ……… 184
- 02 排卵まで／射精まで ……… 186
- 03 新たな命が誕生するとき ……… 188
- 04 妊娠のタイムライン ……… 190
- 05 生まれる前の赤ちゃん ……… 192
- 06 生まれたての人体 ……… 194
- 07 発達のマイルストーン ……… 196
- 08 子どもから大人へ ……… 198
- 09 人間はどれくらい生きられる? ……… 200
- 10 世界の赤ちゃん ……… 202
- 11 人口増加はどこまで続く ……… 204

第8章
人体と医療
MEDICAL BODY

- 01 あなたを襲う健康リスク ……… 208
- 02 どこがお悪いのですか? ……… 210
- 03 病気の原因はこうして特定する ……… 212
- 04 外科手術の最新レポート ……… 214
- 05 お薬、処方します ……… 216
- 06 がんとの闘い ……… 218
- 07 人体のスペアパーツ ……… 220
- 08 子どもをつくるための医学、子どもをつくらないための医学 ……… 222
- 09 幸せな人、不幸せな人 ……… 224

INDEX ……… 226

BODY: A Graphic Guide to Us by Steve Parker and Andrew Baker
© Quarto Publishing PLC, 2016
Text Copyright © Steve Parker, 2016
First published 2016 by Aurum Press Limited, an imprint of The Quarto Group.
All rights reserved.

Japanese translation © Discover 21, Inc., 2018
This edition is arranged with Aurum Press Limited,
an imprint of The Quarto Group via Japan UNI Agency, Inc., Tokyo

第1章
数字でわかる人体
PHYSICAL BODY

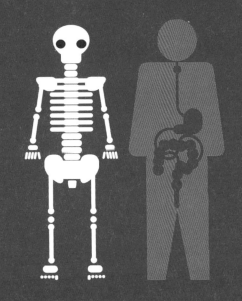

01 もしも人体が1000倍になったら
MILE-HIGH BODY

人体は、数十個の器官による、とてつもなく複雑で四六時中続く相互作用で成り立っている。それらの器官は数百種類の組織から作られているが、その組織そのものも何十億個もの細胞で構成されている。こうしたとてつもない複雑さと、人体のさまざまな構成要素の大きさの違いをイメージするには、身長を1マイル（1.6km）に拡大してみるのもわかりやすい方法だ。その場合、身長は世界一高い超高層ビルの2倍の高さになる。このスケールでは、実際の人間はアリの群れが動き回っているだけのように見えるが……あとは下の図をご覧あれ！

1マイル（1.6km）

最小の骨 2.8m
アブミ骨（耳の中にある骨）

最長の骨
大腿骨

7mm
最小の細胞
赤血球

115m
タワーブリッジ（ロンドン）

390m
エンパイア・ステート・ビルディング

皮膚の厚さ
皮膚の厚さは約2mで、ドアの高さと同じくらいになる。
 2m

DNA
このスケールでは、人間の1つの細胞の核に含まれているDNAをすべてつなげた長さは2km以上になる。

エッフェル塔（パリ）

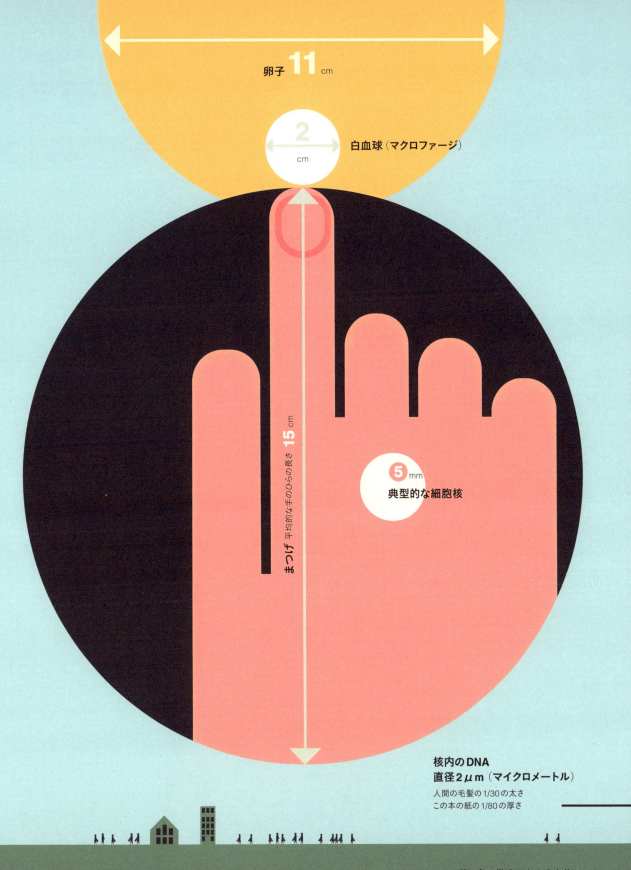

第1章　数字でわかる人体

02 人間の身長はどこまで伸びる?
WALKING TALL

先行人類の身長（cm）

60〜25万年前
ホモ・
ハイデルベルゲンシス
（ヨーロッパ、アフリカ）
175 / 157

20〜5万年前
ホモ・
ネアンデルターレンシス
（ヨーロッパ、アジア）
166 / 154

身長は、人体の大きさの中では一番図表にしやすいようだ。
平均身長は200年以上前から世界的に増加してきた。
これは、特に幼少期の栄養状態がよくなり、
病気が減ったことが大きい。
先進国や豊かな国では、その傾向がどんどん強くなっている。
特にはっきりしているのはオランダで、現在、
若い男性の平均身長は184 cm、女性は170 cmと、
150年前の同国の若者より約19 cm高くなっている。
だが、北米では平均身長は20世紀半ばからそれほど伸びていない。
世界的に見て、あと数十年は身長の増加が続くと思われる。
貧しい国では、栄養状態や健康状態が改善すれば
平均身長も比較的速く伸びるが、
豊かな地域ではだんだん頭打ちになるだろう。

3,200年前 （古代ギリシャ）	10世紀半ば （ヨーロッパ）	17世紀半ば （ヨーロッパ）	18世紀半ば （ヨーロッパ）	19世紀半ば （ヨーロッパ、北米）	20世紀半ば （西半球）
164 / 155	173 / 158	167 / 155	170 / 161	172 / 164	174 / 164

知っておきたい平均身長（cm）

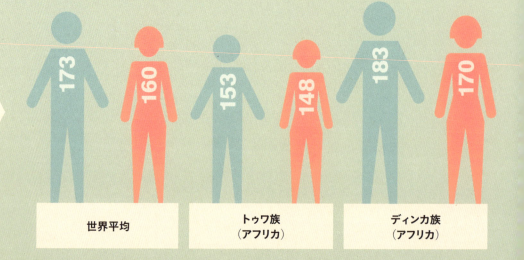

173 / 160　世界平均
153 / 148　トゥワ族（アフリカ）
183 / 170　ディンカ族（アフリカ）

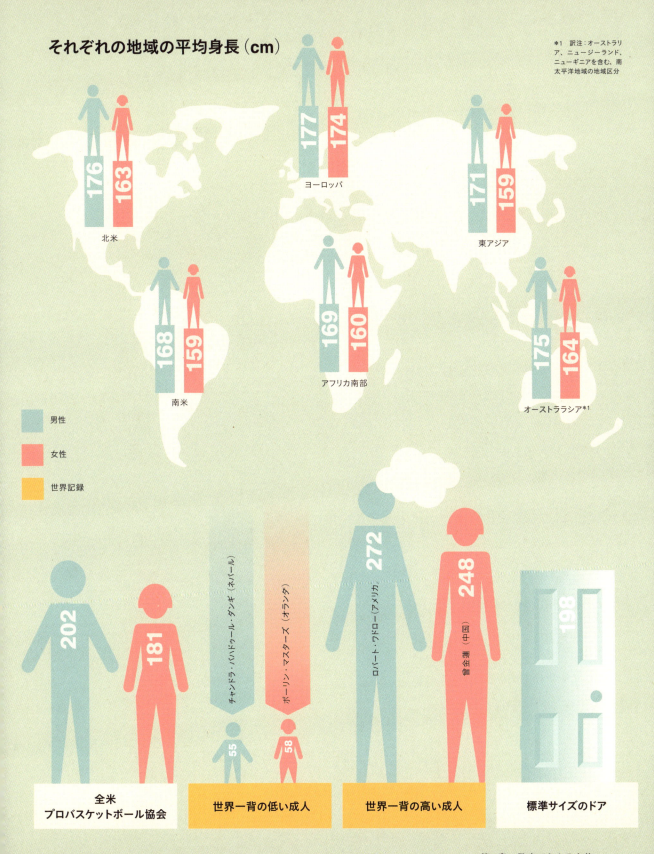

03 人体の数だけ体型がある
BODY BUILDS

人体には全部で206個の骨がある（骨の異常な発達や手術による除去といったまれな例は除く）。
だが、骨の相対的な大きさや形は人によって違うので、基本的な体型はさまざまだ。
そのため骨太な、ほっそりした、手足の長い、太った、がっしりした、痩せた、
手足のひょろ長い、か弱いなど、体型を表現する言葉がたくさん作られた。

成長が止まってからは、骨格の形によって身長や手足の比率が決まる。
しかし、体の輪郭は骨格を覆う組織の層にも大きく左右される。
身体の深いところから表面近くまでを覆う筋肉群や、一番外側を覆う皮膚などだ。
この皮膚の下層にあるのが、人類の議論の的となり続けている
皮下脂肪組織──贅肉──である。

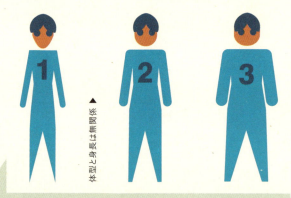

一般的な3種類の骨格
① **外胚葉型**：細身、骨細、「華奢」、痩せやすい
② **中胚葉型**：平均的
③ **内胚葉型**：幅が広い、骨太、「頑強」、太りやすい

ほとんどの人は2つの体型の要素を合わせ持っている。

▲ 体型と身長は無関係

1940年代に米国の心理学者
ウィリアム・シェルドンは、
体型や体の大きさと性格特性や気質、
知能、心の状態との関連を
明らかにしようとした。
例えば、外胚葉型は引っ込み思案、
心配性、臆病、控えめで、
内胚葉型は率直、表情豊か、
おしゃべり、大らかであるとしたのだ。
この説はその後否定されている。

こんにちは！
コンニチワ

世界一体重の重い男性（kg）
ジョン・ミノック（アメリカ）

635

バナナ型
イチゴ型

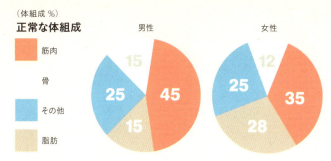

（体組成 %）
正常な体組成
- 筋肉
- 骨
- その他
- 脂肪

男性：45 / 15 / 25 / 15
女性：35 / 28 / 25 / 12

544
世界一体重の重い女性（kg）
キャロル・イエガー（アメリカ）

BMI：ボディ・マス・インデックス
体重と身長と健康状態の関係を表す指標。
男女の区別なく、痩せや肥満などのほとんどの体型に当てはめることができる。

18.5未満 ／ 18.5–25 ／ 25–30 ／ 30+

体重÷身長^2、すなわち体重（kg）を身長（m）の2乗で割った値

WHtR：腹囲身長比（Waist to Height Ratio）
この種の計算の中では一番簡単で、
どこに脂肪がついているのかがわかる手軽な指標。

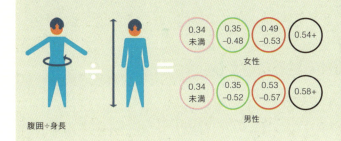

女性：0.34未満 ／ 0.35–0.48 ／ 0.49–0.53 ／ 0.54+
男性：0.34未満 ／ 0.35–0.52 ／ 0.53–0.57 ／ 0.58+

腹囲÷身長

ABSI：ボディ・シェイプ・インデックス（A Body Shape Index）
BMIの改良版で、腹囲も計算に入れる。
体脂肪の分布が考慮されているので、
健康状態の予測指標としてはより正確だと言われているが、
計算はずっと難しくなる。

= 0.0808

腹囲÷（BMI$^{2/3}$×身長$^{1/2}$）、すなわちBMIの2/3乗に身長（m）の1/2乗をかけた値で腹囲（m）を割った値。なお、0.0808という平均値は年齢と性別を選ぶことで変動する〔訳注：ABSIの計算には次のサイトが便利 http://www.absi-calculator.com〕。

○ 低体重　○ 普通体重　○ 過体重　● 肥満

フルーツ体型とナッツ体型

フルーツ体型やナッツ体型の方が、複雑な専門用語より覚えやすいかもしれない。下の図では、どこに贅肉がつくのかを示した。一般に、お腹の脂肪が多い体型（リンゴ型）の方が、お尻や太ももに脂肪が多い体型（洋ナシ型）より健康リスクが高い。

リンゴ型　洋ナシ型　ピーナッツ型

第1章　数字でわかる人体

04 人体に秘められた美しいバランスと単位
IN PROPORTION

画家や彫刻家は古代から、人体の比率やバランスに美を見いだしてきた。
もちろん体の形や大きさはさまざまだが、比率や各部分の位置関係はたいていほとんど変わらない。
有名な1:1.618の黄金比（黄金分割、中末比、ファイ、Φなどともいう）は自然界に広く見られ、
芸術では、長さや形の関係を目に快くバランスの取れたものにするためによく利用されている。
人体でも、さまざまな部分の関係が黄金比を示す。

$$1 \quad : \quad 1.618$$

頭部を測定単位とする場合（「八頭身」）
顎から頭頂まで（頭と顔）を身長の1/8とすると、次のような標準的な人体比率が導かれる。

人体の黄金比
黄金比では、線分a、bの長さの比が
a:b=b:（a+b）=1:1.618 となる。

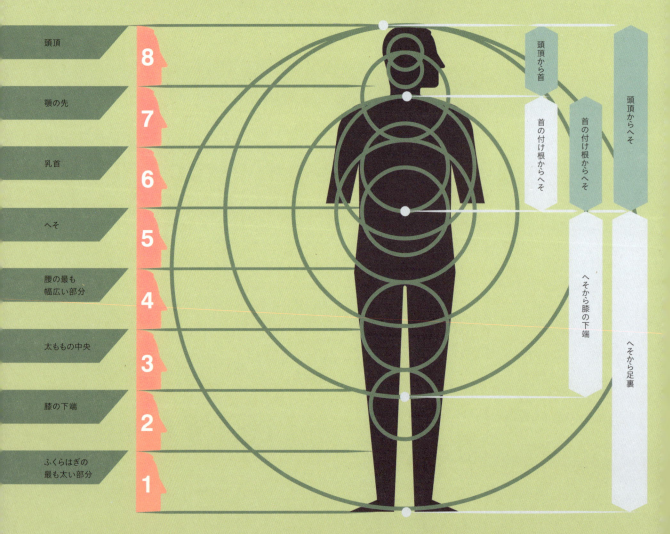

人体に由来する測定単位

フィート：かかとの端から親指の先までの長さ
起源：中世フランス
304.8 mm

ファゾム：両腕を広げた時の指先から指先までの長さ
起源：中世イギリス
1,829 mm

パーム：4本の指の根元の幅
起源：古代エジプト
76.2 mm

ディジット：指の幅
起源：古代エジプト
18 mm

インチ：親指の関節から指先までの長さ*1
起源：中世イギリス
24.5 mm

*1 訳注：男性の親指の爪の付け根部分の幅とする説もある

ハンド：親指を直角に曲げた時の手の幅
起源：古代エジプト
102 mm

キュビット：肘から中指の先端まで
起源：古代エジプト、古代ローマ
457 mm

ヤード：脇の下から中指の先端まで
起源：中世イギリス
914.4 mm

第1章 数字でわかる人体

05 人体をくまなく観察するには
SLICED AND DICED

ある場所を探し出すのに緯度、経度、標高が必要となるように、
人体の各部の位置を正確に示すには
上下、左右、前後の3次元座標が必要となる。
現在ではさまざまなスキャン技術により、メスなど使わなくても、
今までなかった方法で体の内部を観察できるようになった。
ここでは、体を観察するときに知っておくべき
方向の表現方法を示した。

解剖学で使われる断面

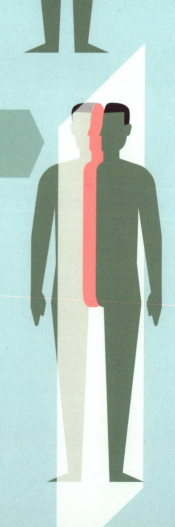

横断面
体を上下に分ける断面

矢状面（しじょう）
体を左右に分ける断面

冠状面
体を前後に分ける断面

回転軸

上下（長）軸
頭とつま先を結ぶ直線

前後（前額）軸
体の前と後ろを結ぶ直線

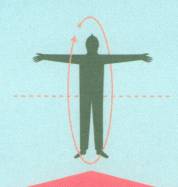

左右（横断）軸
体の左右を結ぶ直線

観察の方向

下
足がある方

上
頭がある方

外側
左右軸上の正中線から遠い側

内側
左右軸上の正中線に近い側

前
顔が向いている方

後
背中が向いている方

遠位
手足の体幹から遠い側

近位
手足の体幹に近い側

第1章 数字でわかる人体

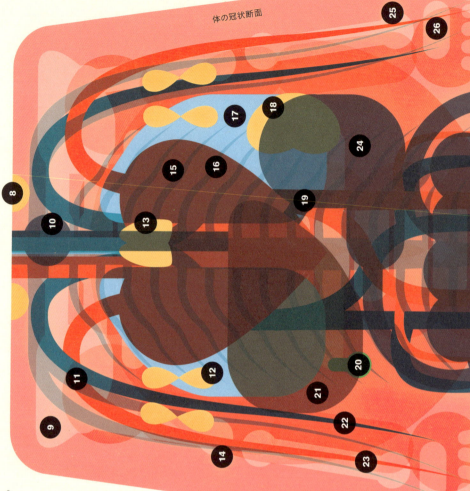

体の冠状断面

06 人体を透視して見ると……
SEE-THROUGH BODY

画像技術の進歩によって、メスなど使わなくても体の中を観察できるだけでなく、体を透視したりすみずみまで可視化したりできるようになった。ここでは、解剖したときに見分けやすいので、本書でも解説している主な器官や構造を示している。

1 前頭骨
2 眼輪筋
3 眼球
4 大頬骨筋
5 鼻腔
6 頸動脈
7 頸静脈
8 頸部リンパ節
9 肩甲骨
10 甲状腺
11 腋窩動脈／静脈
12 胸部リンパ節
13 胸骨
14 上腕骨
15 心臓
16 肋骨
17 左肺
18 左胃
19 大動脈
20 胆嚢
21 肝臓
22 鎖骨静脈

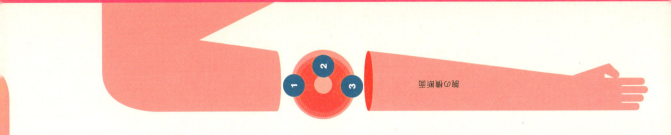

腕の横断面

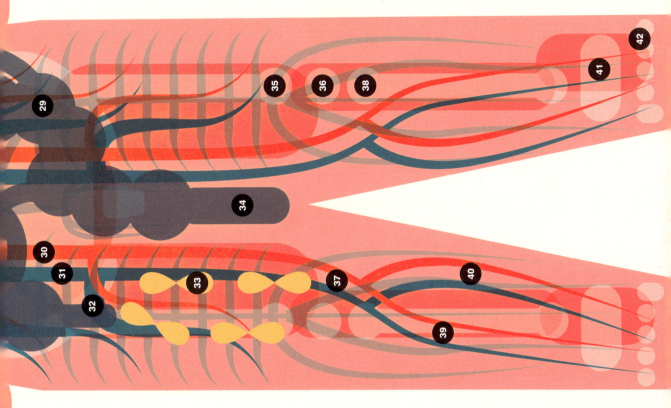

23 尺骨動脈	33 鼠径リンパ節
24 胃	34 直腸
25 橈骨と尺骨	35 大腿骨
26 手根骨	36 膝蓋骨
27 中手骨	37 大腿動脈／静脈
28 小腸	38 脛骨と腓骨
29 結腸（大腸）	39 前脛骨動脈／静脈
30 腸骨動脈	40 後脛骨動脈／静脈
31 腸骨静脈	41 足根骨
32 盲腸	42 中足骨

1 三頭筋
2 上腕骨
3 二頭筋

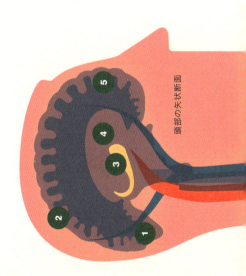

頭部の矢状断面

1 後頭葉
2 大脳皮質
3 脳室
4 脳梁
5 前頭葉

第1章　数字でわかる人体　　023

07 | こんなにもある！人体のさまざまな機能
SYSTEMS ANALYSIS

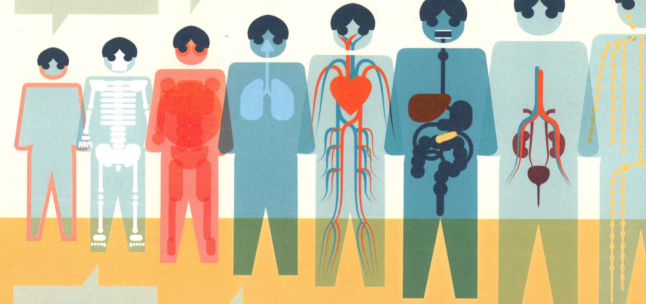

外皮系
皮膚・髪・爪・汗
および外分泌腺

機能：保護、体温調節、
老廃物の排出、感覚を担う。

筋肉系
収縮によって力を生み出す
筋肉は640個ほどある

機能：体の動き、体内の物質
の移動、保護を担う。

心血管系
心臓・血液・血管

機能：酸素と栄養素の配達、
二酸化炭素と老廃物の回収、
体温調節を担う。

泌尿器系
腎臓・尿管・膀胱・尿道

機能：血液中の老廃物のろ過、
あらゆるレベルでの
体液の調整を担う。

骨格系
206個の骨
（通常は関節も含む）

機能：体の支持、保護、
運動、造血を担う。

呼吸器系
鼻・喉・気管・気道・肺

機能：酸素の吸収、二酸化
炭素の除去、発声を担う。

消化器系
口・歯・唾液腺・食道・
胃・腸・肝臓・膵臓

機能：機械的、化学的消化と
栄養素の吸収を担う。

リンパ系
リンパ節・リンパ管・白血球

機能：全身の体液の排出、
栄養素の分配、老廃物の回収、
体の修復と防御を担う。

体は器官、組織、細胞が1つにまとまったものだ。これらはどれも、人間が健康に生き続けるのに必要な1つ（または2つ）の機能を果たしている。

免疫系
白血球・脾臓・リンパ節・その他の腺

機能：侵入して来た病原体や、がんなどの病気に対する体の防御を担う。

感覚器系
目・耳・鼻・舌・皮膚・内部感覚器

機能：周囲の環境（視覚、聴覚、嗅覚）、体位や動き、筋肉の緊張や関節の位置、体温といった、体内の状態に関する情報を担う。

生殖器系
女性：卵巣・卵管・子宮・膣・関連する管と腺
男性：精巣・ペニス・関連する管と腺

機能：子作りを担う。男女の違いがあり、唯一、生存には必要ない系となっている。

内分泌系
ホルモンを分泌する下垂体、甲状腺、胸腺、副腎などの内分泌腺

機能：化学物質であるホルモンを生産し、成長や消化、体液の濃度、恐怖反応などさまざまなプロセスでの情報伝達と調整を行う。

神経系
脳・脊髄・神経

機能：情報の収集と処理、思考、意思決定、記憶、感情を担い、筋肉と腺の制御を行う。

第1章　数字でわかる人体　025

08 人体のパーツを重さ順に並べてみると……
PARTS MAKE A WHOLE

人体の分け方にはいろいろある。
役割や機能から見ると、系や器官、組織、細胞、
さらにはそれらの生化学的プロセスである生理機能に分けられる。
解剖学や身体構造から見ても、器官や組織に分けられる。
　そのうち最も大きいのは皮膚（皮下脂肪層を含む）と肝臓だ。
　また、解剖学では部位ごと、つまり頭部、上側の胸部と
　下側の腹部からなる胴、
　さまざまな部分からなる手足に分ける方法もある。

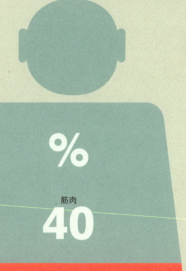

	体重に対する割合 (%)	75kgの人での重さ (g)
筋肉	40	30,000
皮膚（すべての層）	15	11,200
骨	14	10,500
肝臓	2	1,550
脳	2	1,400
大腸	1.5	1,100
小腸	1.2	900
右肺	0.6	450
左肺	0.5	400
心臓	0.5	350
脾臓	0.18	140
左腎	0.18	140
右腎	0.17	130
膵臓	0.13	100
膀胱	0.1	75
甲状腺	0.05	35
子宮（女性）	0.08	60
前立腺（男性）	0.03	20
精巣（男性）	0.03	20

各部のサイズはどう測る？
英国での伝統的な衣類の測り方（インチ）

帽子
一番大きな部分（眉のすぐ上）の頭周りを3.15で割る。

手袋
一番幅の広い部分（第3関節）

カラー
首の一番太い部分の周りを測り、その長さに1/2インチをプラスする。

袖
首の後ろ中央から肩先を通って親指の付け根までの長さを測る。

人類の足のサイズは年々、大型化している

最近、北米やヨーロッパのような先進国では、特に女性の足のサイズが大きくなっているようだ（数値は成人女性の平均サイズ）。身長が伸びたこともあるが、それだけではない。

1960 英国4 ヨーロッパ37 米国6½ 日本23.0

1970 英国5 ヨーロッパ38 米国7½ 日本23.5

2010 英国6.5 ヨーロッパ39½ 米国8½ 日本24.5

あなたの足と比べてみよう！

靴
エドワード2世（1284〜1327年）の足のサイズを12（12インチ）とし、そこから大麦1粒分（1/3インチ。約8.5mm）ずつサイズを増減させる。

第1章　数字でわかる人体

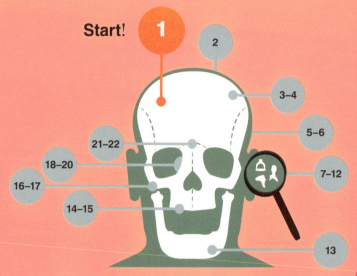
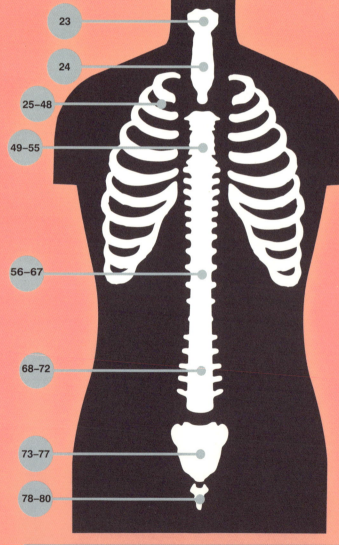

人体には（基本的に）

206

個の骨がある

09 | 骨の数を数えてみよう
BARE BONES

妊娠初期に、赤ちゃんの骨は
まず軟骨の形で形成され、そこに骨を作る物質が
入り込むことでだんだん骨化する。
幼児期には実際の骨の数は300個を超える。
その後、一部の骨、特に頭の骨が
成長とともにくっつくため、
総数はさらに減少する。

遺伝や成長によるばらつきもある。
120人に1人は左右の肋骨が12対ではなく13対あり、
そのため2本多くなっている。
25人に1人は「腰椎化」が起きていて、
通常5個ある腰椎に加えて
6番目の腰椎があるように見える。
だが、この骨は下の仙骨から「借用」した椎骨で、
くっついていないので動かすことができる。
その結果、仙骨は5個の脊椎ではなく
4個の脊椎がくっついたものになる。
また、100人に1人は
手足の指の数や指の骨の数に異常があるし、
手首や足首の骨が多いこともある……。

80 ちゅうじくこっかく
中軸骨格

4つの部分で構成されている
頭蓋、顔、脊柱、胸郭

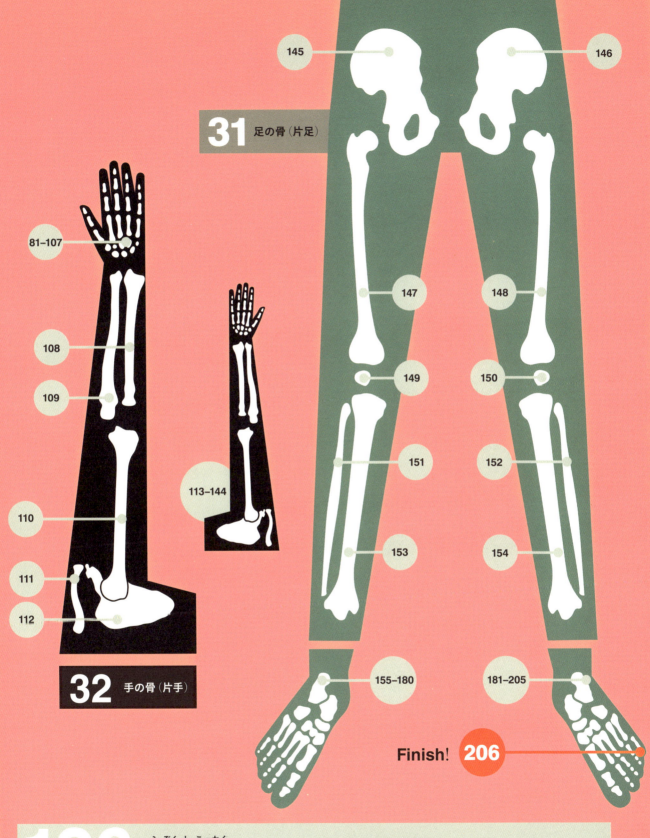

10 人類は歯が命
DENTAL MATTERS

人体では、歯を覆うエナメル層ほど硬いものはない。
そのすぐ下の象牙質も硬くてすぐにはすり減らない。また、それぞれの歯を
顎の骨の穴に固定している「生きている接着剤」のセメント質も、丈夫で長持ちだ。
大人の歯は、すべて生えて抜けなければ32本。
噛み切る、噛み砕く、かじる、すり潰すといった、ほとんど一生続く行動を助けるだけでなく、
きれいな笑顔にとっても非常に重要だ。

大人の歯の数
32 内訳
- 8 切歯
- 4 犬歯
- 8 小臼歯
- 12 大臼歯

乳児の歯の数
20 内訳
- 8 切歯
- 4 犬歯
- 0 小臼歯
- 8 大臼歯

歯が生え変わる年齢

上の歯:
- 第一切歯 7〜8歳
- 第二切歯 8〜9歳
- 犬歯 11〜12歳
- 第一小臼歯 10〜11歳
- 第二小臼歯 11〜12歳
- 第一大臼歯 6〜7歳
- 第二大臼歯 12〜13歳
- 第三大臼歯 17〜21歳

下の歯:
- 第三大臼歯 17〜21歳
- 第二大臼歯 11〜13歳
- 第一大臼歯 6〜7歳
- 第二小臼歯 11〜12歳
- 第一小臼歯 10〜11歳
- 犬歯 9〜10歳
- 第二切歯 7〜8歳
- 第一切歯 6〜7歳

歯が生え始める月齢:
- 6〜10ヵ月 第一切歯（下顎）
- 8〜12ヵ月 第一切歯（上顎）
- 9〜13ヵ月 第二切歯
- 10〜15ヵ月 第二切歯
- 12〜20ヵ月 第一大臼歯
- 16〜25ヵ月 犬歯
- 24〜36ヵ月 第二大臼歯

歯によって異なる歯根の数

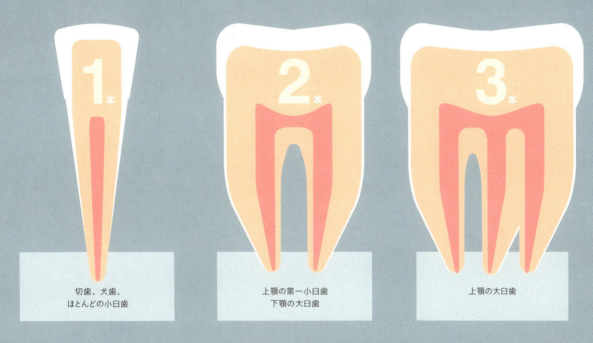

1本　切歯、犬歯、ほとんどの小臼歯

2本　上顎の第一小臼歯　下顎の大臼歯

3本　上顎の大臼歯

「親知らず」はなぜそう呼ばれるか？

親知らず（知恵歯）は、上顎と下顎の両側一番奥に生える4本の第3大臼歯。生えるとしても通常は17〜21歳になってからで、親が気づくことはないためこの名がついた。しかし、親知らずの生え方は、まったく生えない、生えても歯茎から出てこない、正常に生える、「横向き」に生えて隣の歯を圧迫したりぶつかったりするなどさまざまだ。

2.5	3	5	5.5	10
指の爪	銅貨	歯のエナメル質	鋼鉄	ダイアモンド

歯の硬さはどれくらい？

「硬度」の測定方法はいろいろある。有名なのは鉱物に使われる**モース硬度**だ。この方法は、何で何をひっかいたら傷がつくのかを調べ、10段階の尺度をおおざっぱに決めたものだ。

第1章　数字でわかる人体

11 | どこまで伸びる人体の管
LOTS OF LENGTHS

管状の臓器の重さは体重の約1/6になる。
血管系、リンパ系、消化器系、泌尿器系は、
基本的には液体が入った管のネットワークだが、
それらの管の直径は親指より太いものから
頭髪の1/10までさまざまだ。
体内にあるこれらの管は驚くほど複雑にからまり合い、
折り畳まれたりぐるぐる巻きになったりして
体内に収まっている。
しかし、ほどいて伸ばして端と端をつなげたら、
総延長は驚くほど長くなる。

消化器系をまっすぐ伸ばしたら‥‥ 口＋咽＋食道＋胃＋小腸＋上行結腸＋横行結腸＋下行結腸＋S字結腸＋直腸＋肛門 **9.5m**

9.5m

泌尿器系の長さ
腎臓のネフロン尿細管（ろ過装置）

50km

グランドキャニオン ← 29km → マドリード　パリ

心血管系の長さ

毛細血管	**50,000**km
細動脈と細静脈	**49,000**km
中、大動脈と中、大静脈	**1,000**km
合計	**100,000**km

地球2½周分！

リンパ系の長さ

各部位の平均的なリンパ節の数
腹部 260　首 150　鼠径部 40　腋窩（わきの下）40

400-700km

ベルリン　ワルシャワ　ミンスク　モスクワ

リンパ節とリンパ管の総延長　**4,000**km

第1章　数字でわかる人体

筋肉の記録保持者たち

最も速く収縮する筋肉

外眼筋（がいがんきん）
眼球の側面と背面の周囲にある。眼球を回し、向きを変える。

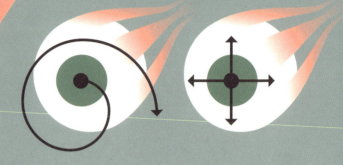

最も長い筋肉

縫工筋（ほうこうきん）
太ももの前面を斜めに横切る。太ももを外側に曲げる、上げる。

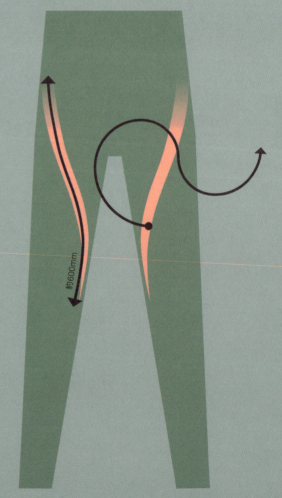

約600mm

12 すごい筋肉選手権
MEAN MUSCLES

筋肉は体重の約40%を占める。
頭の後頭前頭筋から足の裏の足底内在筋まで、
640個を超える筋肉が、事実上体のすべての場所を覆っている。

筋肉の特徴の1つは、名前が長くて複雑なことだ。
解剖学のしきたりに従って体の前か後ろかを示している場合もあるし、
その筋肉が付着している骨や並走している筋肉、
近くの大きな器官の名前が使われていることもある。
その筋肉がもたらす動きによって、関節を曲げるものを屈筋、
伸ばすものを伸筋という場合もある。
形に由来する名前もあり、
肩の三角筋は（デルトイド）（三角州やギリシャ文字のデルタと同じく）
三角形に近い形をしている。
それどころか、運悪くこれらの要素のほとんどが詰め込まれた
長い名前の筋肉もある。

最もよく曲がる筋肉

上縦舌筋（じょうじゅうぜつきん）
舌の上部表面にある（舌は実際には12個の筋肉が集まったもの）。舌のさまざまな動きに関わる。

大きさに対して最も強力な筋肉

咬筋（こうきん）
顔と頭の側面。咀嚼。

最長の名を持つ筋肉

levator labii superioris alaeque nasi

| 引き上げる | 上唇 | さらに鼻の下部を広げる |

この上唇鼻翼挙筋（じょうしんびよくきょきん）は唇を歪める働きをする。この動作をトレードマークとしていた歌手のエルヴィス・プレスリーにちなみ、エルヴィス筋ともいう。

最小の筋肉

アブミ骨筋
内耳の内側。過度のノイズによる振動を抑える。

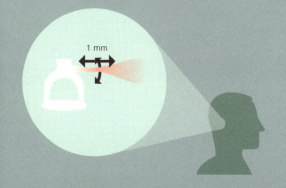

最大の筋肉

大臀筋
臀部のほとんどを占める。歩く、跳ぶ、走る際に太ももを後ろに引っ張る。

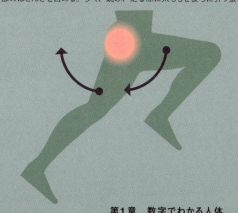

第1章　数字でわかる人体

13 筋肉に秘められた おそるべき力
PULLING POWER

筋肉は大きさと重さの割に強力だが、人間の筋肉の力や能力を測定するのはなかなか難しい。
1つの筋肉の収縮力は、基本的な体調（特にいつもきちんと運動しているかどうか）、
収縮の速度と筋線維の数（神経シグナルのコントロール次第で変わる）、筋肉がすでに少し縮んでいたか、
完全に弛緩していたか、引っ張り続けて疲れているかなど、多くの要因に左右される。

人間の筋肉を総動員したら……?
全身の筋肉を合わせて何かを引っ張ったら、
約20トン（アフリカゾウ3頭分）の重さを持ち上げられるらしい。

サイコロ大の筋肉がもつマイクロパワー
断面積が1cm²の筋肉は、最大40ニュートンの力を発揮し、
4kgの重さを持ち上げることができる。

比較してみよう
出力。単位はW（ワット、マウスのみ）またはkW（1,000ワット、その他）

0.2 W

1–1.5 kW

10 kW

100 kW

筋肉をどんどん拡大していくと……

筋肉（例：上腕二頭筋）
ゆるんでいるときの長さ：250mm
最大直径、収縮時：65cm²

完璧に鍛えた筋肉は……

最大断面積が65cm²の上腕二頭筋は、ベストな状態なら
大人3〜4人に相当する260kgの重さを持ち上げられるはずだ。

600 kW

600,000 kW

筋束 50〜100 mm / 5〜10 mm

筋線維 5〜50 mm / 0.01〜0.1 mm

筋原線維 1〜5 mm / 0.001〜0.01 mm

ミオシンフィラメント 1〜3 μm / 0.010〜0.015 μm

アクチンフィラメント 0.5〜2 μm / 0.005〜0.007 μm

第1章　数字でわかる人体

関節の可動範囲

関節の滑りやすさ
数字は動摩擦係数*1、潤滑状態、接触している材料

0.003	軟骨+滑液
0.005	スケート靴のブレード+氷
0.02	氷+氷
0.02	BAM+BAM*2
0.04	PTFE+PTFE*3
0.05	スキー+雪
0.2	鋼鉄+真鍮
0.5	鋼鉄+アルミニウム
0.8	ゴム+コンクリート

*1 すでに動いている時の滑りに対する抵抗力。
*2 ホウ化アルミニウムマグネシウム。最も滑りやすい人工の固体の1つ。
*3 ポリテトラフルオロエチレン。テフロンなどの商品名がある。

球関節 200° 上腕骨 肩甲骨

縫合(固定) 頭と顔のほとんどの関節

滑走/平面関節 椎骨 椎骨 椎骨

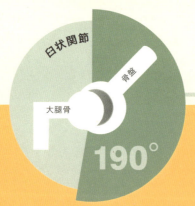

臼状関節 骨盤 大腿骨 190°

滑走/平面関節 80° 足首

14 関節はどこまで動く？
JOINED AT JOINTS

人間の骨格には関節が170〜400個あり、その数は数え方によって変わる。例えば、3個の骨が1カ所にまとまっていて、少なくとも何らかの形で互いに接触している場合には、関節の数を1個と言ったり、2個や3個と言ったりする。過酷な運動にさらされている関節が長い間うまく動いてくれるのは、骨の先端が柔らかなクッション状のつるつるした軟骨で覆われ、ものすごく滑りやすい滑液が潤滑剤となっているからだ。
また、丈夫な袋のような膜が関節を包み、よく伸びる靭帯が骨と骨をつないでいるおかげで、関節を動かすことができると同時に脱臼も起きないようになっている。
脱臼で骨同士が離れた時の痛みは、一度経験したら二度と忘れられない。

顆状関節 140° 足指

若者の関節の柔軟性を角度の平均で示した。

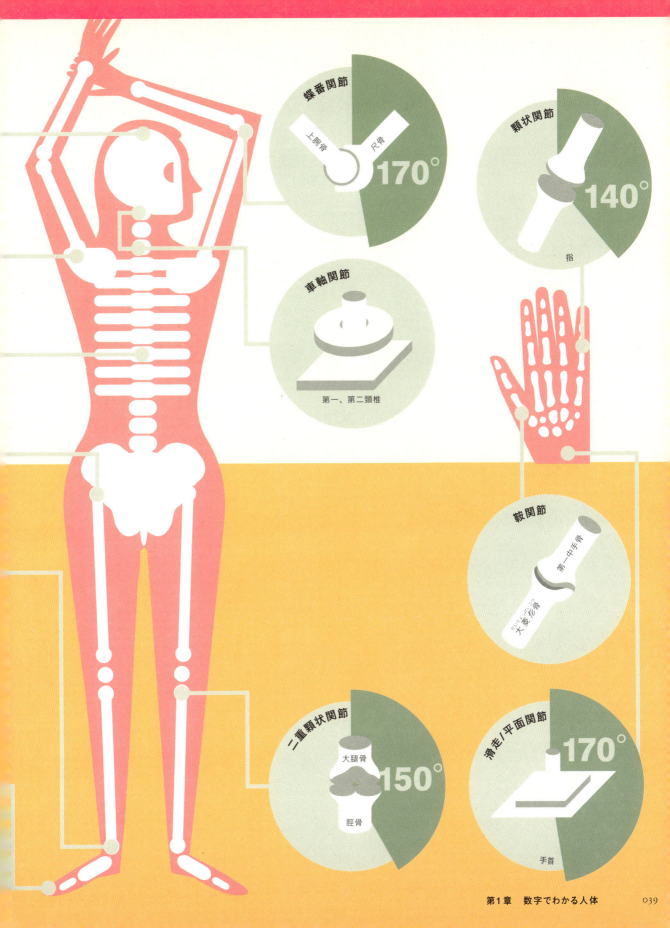

第1章 数字でわかる人体

15 呼吸の正体
BREATH OF LIFE

大きく息を吸って、もう少し吸い、さらにもっと吸い続ける……
どんなにたくさん吸い込んでも、肺をいっぱいにすることはできそうにない。
体の呼吸とそのプロセスの第1の目的は（細胞呼吸とは反対に）、肺に新鮮な空気を取り込むことにある。
酸素は肺から血流に入り、心血管系から全身に分配される。呼吸の2つ目の目的は、（細胞呼吸によって生じた）
老廃物質である二酸化炭素を排出することだ。二酸化炭素が正常値よりほんの10〜20%上がっただけでも、
あえぎやめまいを引き起こし、意識を失うこともある。呼吸の3つ目の役割は、話したり声を出したりすることだ。
気道や肺、胸の筋肉は、息を吸ったり吐いたりするために、年間800万〜1,000万回動き続ける。

810 m
一生の間に呼吸する空気の総量は、直径810mの球体の体積に等しい

280,000,000 ℓ

激しいくしゃみでは、鼻から出る空気の速度は秒速20m、時速72km近くなる。

吸い込んだときの空気の内訳 %

- **78** 窒素
- 酸素 **21**
- その他（1未満） **1**
- 二酸化炭素 **0.3**
- 大気中の水蒸気（変動）

4〜6億
肺胞（空気が入った小さな袋）

2,500 km
気管支、細気管支

1,000 km
毛細血管

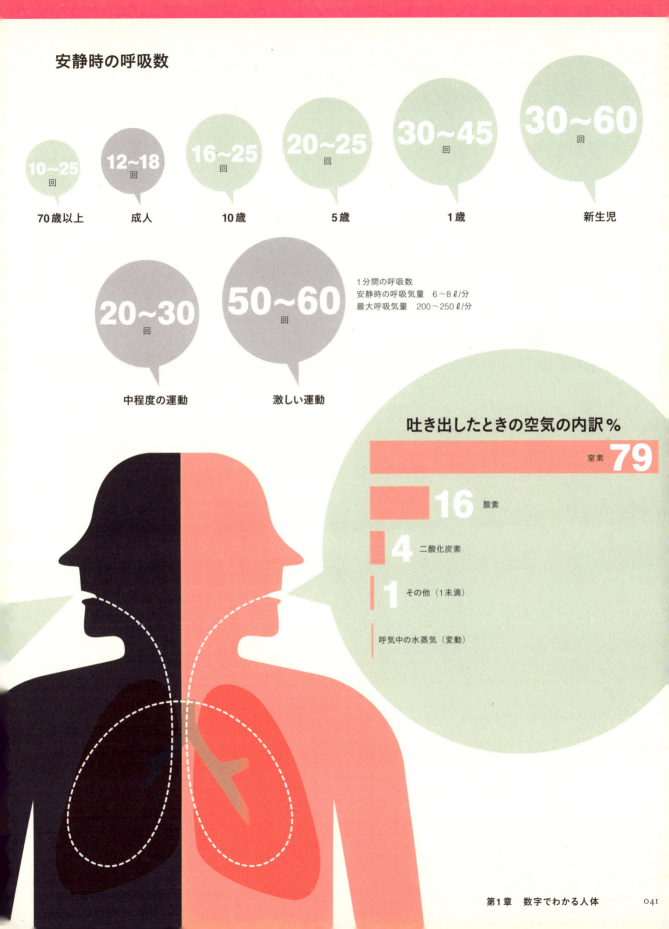

16 生命の鼓動を感じる場所
VITAL BEAT

心臓は一生の間に30億回以上拍動するが、見た目は単純で、筋肉の袋でできた2つのポンプのように見える。心臓が止まると（すぐに治療を受けられなければ）人生も終わる。実際には、心臓とその血管系は驚くほど複雑だ。心臓には体とは関係のない独自のペースメーカーが備わっていて、それによる固有（内因性）の心拍数は1分間に60〜100回となる。一方で体からの影響も受けている。脳から迷走神経を通って送られてくるシグナルやアドレナリンなどのホルモンによって、心拍数だけでなく1回の鼓動の大きさや力を変化させ、体のさまざまな要求に応えているのだ。

年齢による安静時の心拍数（1分あたり）

- **120回** 新生児
- **90回** 1歳
- **80回** 10歳
- **60-80回** 成人
- **40-60回** スポーツ選手
- **58-80回** 70歳以上

心臓が生み出すエネルギー
心筋は、トラックが30km走るのと同じ運動エネルギーを毎日作り出している

血液が巡る速さ（安静時）
心臓が送り出す血液で浴槽を満たすには30分、オリンピックサイズの水泳プールを満たすには5年かかる。

頸動脈
首

脈拍
心臓が1回拍動するごとに、高い圧力を持つ血液が動脈に沿って波のように広がって行く。それが一番よくわかるのは、皮膚のすぐ下に動脈があり、その奥に硬い組織がある場所で、有名なのは、親指の付け根のすぐ下にある手首の橈骨動脈だ。

上腕動脈
肘の内側

橈骨動脈
手首

大腿動脈
脚の付け根

膝窩動脈
膝の裏側

足背動脈
足の甲

後脛骨動脈
足首

心臓の大きさ
心臓のサイズは、
持ち主の握りこぶしとだいたい同じだ。

350g

平均的な重さ
［訳注：日本人は成人で250〜270g］

17 あなたの体中を流れる血について
UNDER PRESSURE

体のほとんどの部分[*1]――すべての細胞――は、流れる血液に酸素と栄養素を届けてもらい、二酸化炭素などの老廃物を洗い流してもらっている。血流は心臓の拍動によって生じ、拡張期と収縮期の主に2つのステージからなる。
拡張期には、心臓の壁を作る筋肉が弛緩し、静脈から圧力の低い血液が流れ込んでくるために心臓が大きくなる。
静脈は、幅が広くて柔らかく、薄い壁を持つ血管で、最も細い血管である毛細血管から血液を集めて心臓へ戻す働きを持つ。
そして、そのほんの0.5秒後には収縮期となり、心筋は緊張し収縮して圧力の高い血液を心臓から動脈へと押し出す。
動脈は壁が厚くて丈夫な血管で、分岐を繰り返して最終的には毛細血管となる。
収縮期の圧力は体のすべての組織で最も高くなる。この圧力の波が、枝分かれする血管のネットワークに広がることで血管が膨らむ

[*1] 目の角膜や水晶体など、血液が直接流れ込まない部分もある。もしそうだったら、世界は赤い網ごしにぼやけて見えるだろう。

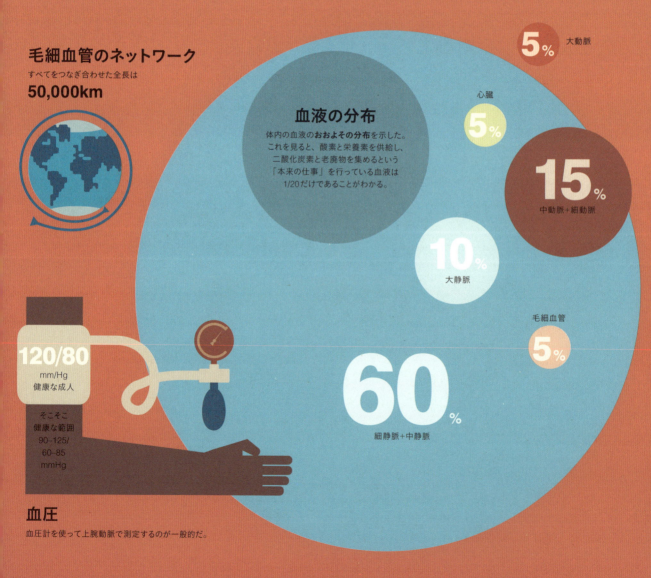

毛細血管のネットワーク
すべてをつなぎ合わせた全長は **50,000km**

血液の分布
体内の血液のおおよその分布を示した。これを見ると、酸素と栄養素を供給し、二酸化炭素と老廃物を集めるという「本来の仕事」を行っている血液は1/20だけであることがわかる。

- 大動脈 5%
- 心臓 5%
- 中動脈+細動脈 15%
- 大静脈 10%
- 毛細血管 5%
- 細静脈+中静脈 60%

血圧
血圧計を使って上腕動脈で測定するのが一般的だ。

120/80 mm/Hg 健康な成人
そこそこ健康な範囲 90–125/60–85 mmHg

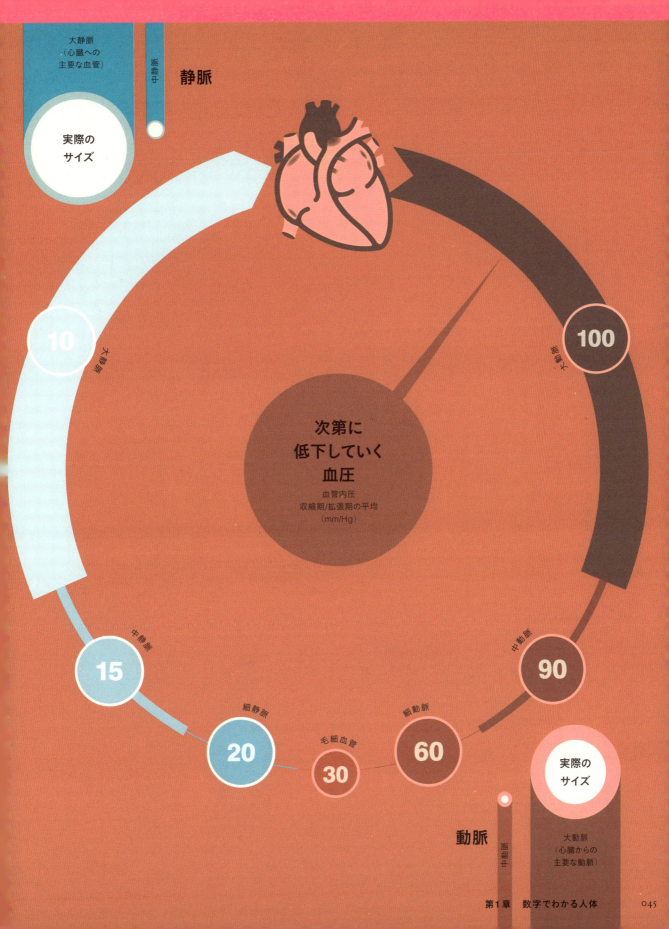

18 | 一流アスリートの条件とは？
WHAT MAKES A CHAMPION?

一流スポーツ選手になれる体の条件は複雑で、多くの要因が作用している。トレーニングの機会がどのくらいあるか、コーチや栄養士、生理学者などの専門家が優秀かだけでなく、装備や場所、施設なども重要だ。自発性や徹底的な集中力、勝ちたいという強い気持ちといった精神的要素は非常に大きく、家族や友人の役割も重要だ。しかし、非常に重要になってくるのは、その人が持つ遺伝子の役割だ。持って生まれた体質や体格によって、種目の得意不得意が出てくるだろう。

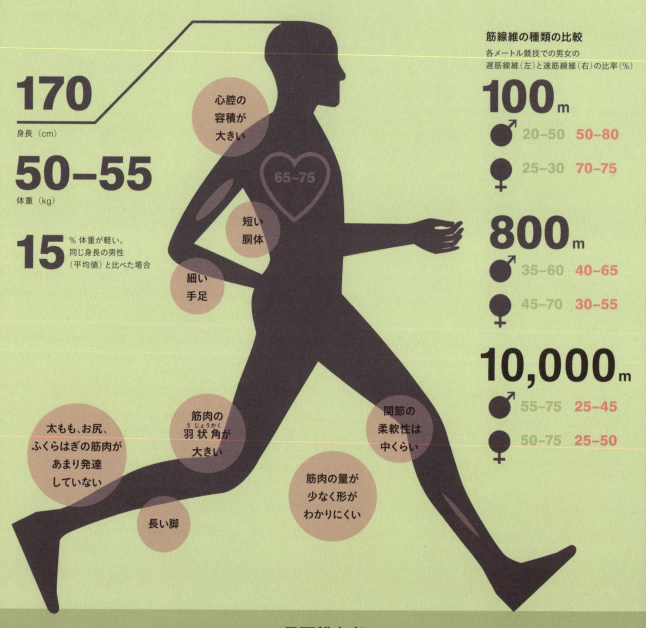

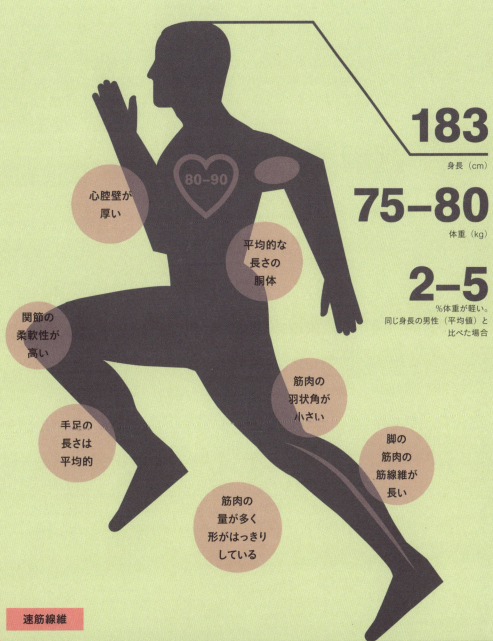

19 | 人体の限界への挑戦
FASTER, HIGHER, STRONGER

近代オリンピックは1896年から開催され、1924年大会からはCitius、Altius、Fortius（「より速く、より高く、より強く」）が公式モットーとなっている。この言葉からは、オリンピックが古代ギリシャで初めて開催されてから、人体の運動能力やスキルがどんなふうに限界まで発揮されたときに、世界に認められ讃えられてきたのかがわかる。
オリンピックの20以上の競技種目は、人間の体力を示す世界的な指標でもある。
オリンピックの開始以来、勝者の速さや高さ、強さはどんどん向上してきた。しかし、これには多くの要因が関わっている。
食事や衛生状態、全身状態がどんどん向上しただけでなく、専門的なスキルやトレーニング、指導方法、設備も改善されてきた。
オリンピックは1930年代後半と1940年代前半に戦争で中断され、
1950～60年代にはステロイドなどによる重大なドーピング疑惑が生じた。
一方で、1968年の大会で初登場した高跳びの「背面跳び」のように、競技技術の飛躍的な変化が起きることもあった。
オリンピックは、体を限界まで追い込めば、どんなことができるのかを示す尺度となっている。

オリンピックの100メートル走　記録更新例

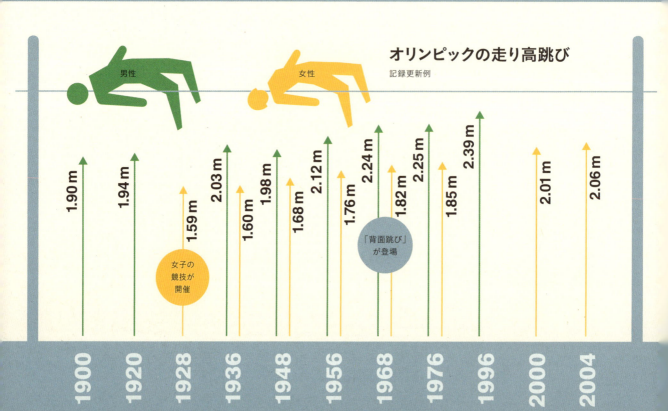

オリンピックの走り高跳び　記録更新例

オリンピックの砲丸投げ

記録更新例

第1章　数字でわかる人体

第 2 章
人体の見えない働き
CHEMICAL BODY

01 体内の化学工場
CHEMICAL FACTORY

すべてのものは原子でできている。人体も例外ではないし、それぞれの化学物質の比率は推定によってばらつきがある。それでは、すべてのデータをどうやってまとめたらいいだろう？ 1つの方法は、元素を重さの順に並べることだ。この方法では、最も軽い元素である水素より、約56倍も重い鉄のような元素が目立ちやすくなる。別の方法は原子数が多い順に並べるものだ。この場合、水（H_2O）は人体の約60%を占めるため、水素と酸素の2つの元素が上位になる。つまり、水素は重さでは体重の9〜10%だが、原子数では65〜70%となる。

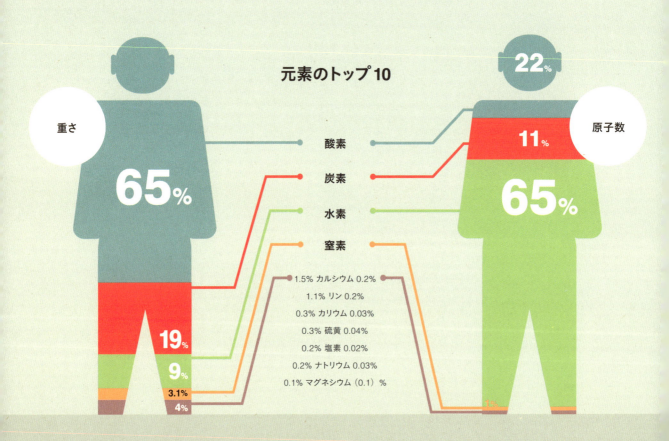

元素のトップ10

体重70kgの人体には……

- O 酸素が…… **5**本　大型の酸素療法用ボンベ（45kg）
- Fe 鉄が…… **6**個　スチール製のペーパークリップ（3g）
- N 窒素が…… **10**枚　庭の堆肥用の袋（2kg）

0.1%未満の微量元素

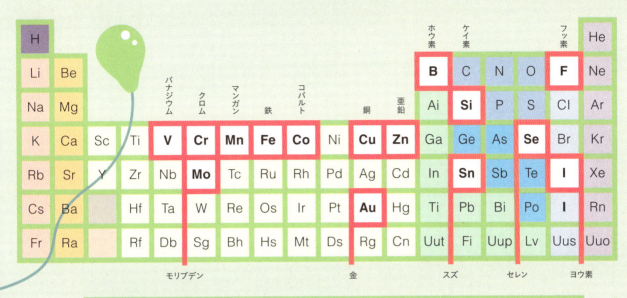

体内の鉱物資源？
人体のすべての元素を抽出して世界の取引市場で売ったときに手に入る金額。

£3,000
（約42万円）

体内にも金が！
人体には約0.2mgの金が含まれており、一辺が0.2mmの立方体になる。

0.000,2g

H 水素が……

5,000個

パーティー用のヘリウム風船（6kg）

C 炭素が……

10,000本

エンピツの黒鉛炭素の芯（13kg）

P リンが……

20,000個

マッチの頭（800g）

02 | 水のない ところに 人体は ない
THE WET BODY

人体の大半は水でできている。水分の割合は平均すると2/3程度だが、体調や環境によって自然に大きく変動する。例えば、体脂肪が多いと水分の割合は低くなる。脂肪組織に含まれる水分は、他の骨などの組織に比べてとても少ないからだ。それでも体には大量の水分が含まれていて、体重70kgの人では45リットル以上になる。それだけあれば、軽くシャワーを浴びられるし、3人分の体の水を集めたら、かなり大きなバスタブで水浴びができる。

体内の水をそのままずっと留めておくことはできない。尿などに溶けている有害な老廃物を運び出す必要があるからだ。普通なら、この代謝回転に使われる水は1日約3リットルだ。しかし、暑いときや運動中、アルコールなどを飲んだときにはもっと多くなる。

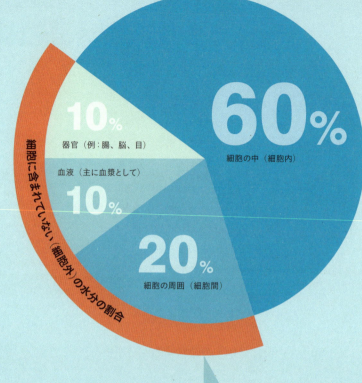

- 10% 器官（例：腸、脳、目）
- 10% 血液（主に血漿として）
- 20% 細胞の周囲（細胞間）
- 60% 細胞の中（細胞内）

細胞に含まれていない（細胞外）の水分の割合

水のありかをどう見つけだす？
生物学では水の「区画」という言葉がある。もちろん、体内に戸棚や小部屋のようなものが整然と並んでいるわけではない。無数の細胞や数百個の組織、数十個の器官について、その内部やそれぞれの間、周囲の水分量を推定し、合計したもの全体を区画と呼んでいる。

それぞれの年齢、性別における平均的な水分量

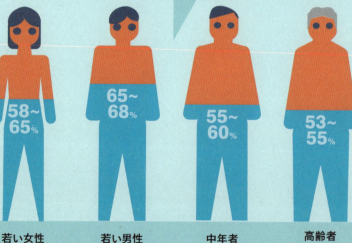

新生児	1歳	若い女性	若い男性	中年者	高齢者（70歳以上）
75%	65%	58〜65%	65〜68%	55〜60%	53〜55%

1日当たりの水の代謝回転 **2,700**ml

750ml 食物
300ml 代謝水*1
1,650ml 飲料水

それぞれの器官内／組織内の水分量
内部の体液（血液、尿など）を含む。

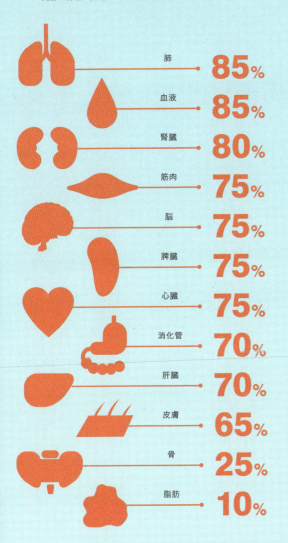

肺	85%
血液	85%
腎臓	80%
筋肉	75%
脳	75%
脾臓	75%
心臓	75%
消化管	70%
肝臓	70%
皮膚	65%
骨	25%
脂肪	10%

200ml 便
1,700ml 尿
800ml 皮膚、肺*2

2,700ml

*1 糖質などの炭水化物が分解され、エネルギーに変わるときの化学反応では、自然な副産物の1つとして水ができる。この水は体の水分摂取量の一部とされている。
$C_6H_{12}O_6 + 6CO_2 > 6CO_2 + 6H_2O + エネルギー（糖質）+酸素 > 二酸化炭素＋水＋エネルギー$
*2 ほとんどの状況では、微量の水分が「不感蒸泄（ふかんじょうせつ）」によって皮膚から発散している。また、鼻や口から吐く息は、肺と気道の内壁から蒸発した水蒸気でほぼ飽和している。

第2章　人体の見えない働き

03 | 私たちが基本的に摂取しているもの
MACRONUTRIENTS

エネルギー摂取量を8,700kJ（キロジュール。約2,100kcalに相当）とした場合の主要栄養素の推奨量（g）。

300〜310g
炭水化物

90g
ブドウ糖と他の砂糖

20～25g
飽和
脂肪酸

0.3g コレステロール

65～70g
総脂質

20～25g
食物繊維

45～55g
総タンパク質

第2章　人体の見えない働き　057

04 | 微量だけれど大切な栄養素
MICRONUTRIENTS

体は炭水化物や脂肪、タンパク質、食物繊維といった主要栄養素(次項目を参照)の他にも多くの栄養素を必要とするが、それらの量ははるかに少ない。ほとんどの「微量栄養素」はビタミンとミネラルだ。ビタミンは、体の働きをスムーズにするために必要な有機物だ。人間の体は十分な量のビタミンを作れないため、食品中にすでに含まれているものを摂取しなければならない。ミネラルは単純な化学物質で、ナトリウム、鉄、カルシウム、マンガンなどの金属と、塩を形成する塩素、フッ素、ヨウ素などの非金属が含まれる。

毎日の摂取量*1

3,000 mg*2
塩化物*3
塩

900 mg
卵
硫黄*4

200 mg
サツマイモ
カリウム

800 mg
カボチャの種子
リン

300 mg
ホウレンソウ
マグネシウム

主要なミネラル
体はこれらの主要なミネラルを毎日少なくとも100mg(0.1g)必要とする。

2,000 mg
塩
ナトリウム

ビタミン

ほとんどのビタミンは必要量が非常に少なく、100万分の数g（数μg）というものもある。

75〜90 mg アスコルビン酸

15 mg ナイアシン

パントテン酸 **5 mg**

20 mg トコフェロール

ビタミンA群 0.7〜0.9mg

1.5〜1.7mg B6 ピリドキシン

リボフラビン 1〜1.3mg

1〜1.2mg チアミン

必要量がさらに少ないビタミンもある。
400-600μg *5　葉酸塩、葉酸
90-120μg　フィロキノン（K1）、メナキノン（K2）
30μg　ビオチン
10-15μg　コレカルシフェロール（D3）
2-2.5μg　コバラミン

ビタミンとミネラルの量を比べると……

90
18

18 mg 鉄

フッ素 **4 mg**

微量ミネラル

ここに示したのはほんの一部で、本書にすべて載せたら何十ページも続くだろう。

マンガン **2 mg**

銅 **2 mg**

モリブデン・
・ヨウ素
セレン・
・クロム

15 mg 亜鉛

牛乳

1,000 mg カルシウム

*1 RDI（食事摂取基準または摂取目安量）；RDA（推奨量）、AI（目安量）など、同じような指標がいくつもある
*2 mgは特に明記がなければミリグラム（0.001または1/1000グラム）
*3 塩化ナトリウム（食塩）として
*4 硫黄は公的なRDIが設けられていない。数値は正常な摂取量の平均値から
*5 μgはマイクログラム（0.000001または1/1000000グラム）。別の言い方をすれば0.001または1/1000ミリグラム）

第2章　人体の見えない働き

主な器官が消費するエネルギー
かなり活動的な人での器官ごとのエネルギー消費率

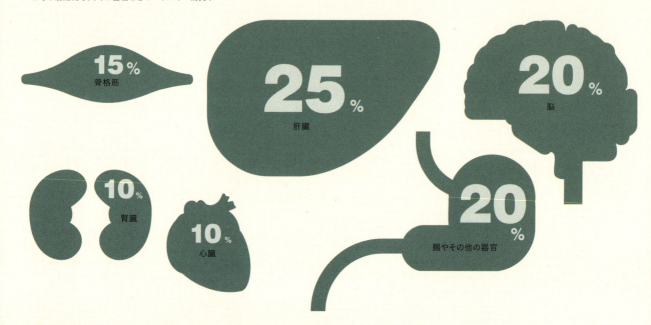

- 15% 骨格筋
- 25% 肝臓
- 20% 脳
- 10% 腎臓
- 10% 心臓
- 20% 腸やその他の器官

05 | 人体が消費するエネルギー
MYSTERIES OF METABOLISM

「代謝」とは、体のすべての細胞で毎日毎秒起きていて、互いに関連し依存しあっている無数の化学反応や変化やプロセスをひとまとめにした、短くて便利な言葉だ。どれくらいの化学反応が起きているのかを数え始めても、すぐに数百万、数十億を超えてしまって計算が追いつかない。それでも、代謝による体のエネルギー消費については詳しい研究が行われており、本家本元の生理学からスポーツ栄養、非常食の準備まで、さまざまな分野で役立っている。

機能ごとのエネルギー消費率
快適な室温と比較的ストレスの少ない環境での空腹時の数値。

15% 熱の産生

25% 運動

60% 基礎代謝（基本的な生命現象）

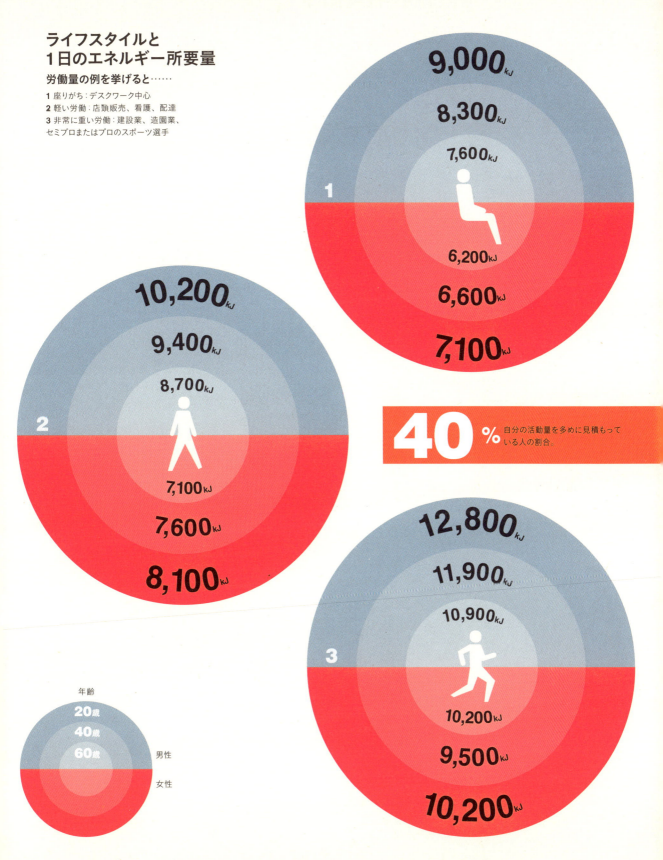

06 人体の主なエネルギー源と、
INS AND OUTS OF ENERGY

体はエネルギーを変換する装置のようなものだ。食べ物や飲み物に含まれている、何兆個もの原子や分子の結合という形で取り込んだ化学エネルギーを、代謝の無数のプロセスによって他の形に変換する。その中には体を動かすときの運動エネルギー、体温となる熱エネルギー、神経シグナルの電気エネルギー、声を出すときの音のエネルギーなど、多種多様なエネルギーがある。

人体の燃料となる食品

各食品のエネルギー含有量を示した。一食分については「平均的」な量、それぞれの製品については標準的なサイズでの数値を表示している。加熱したものについては、揚げ物ではなく煮物など健康的な調理法での数値を示した。

*1 訳注：ミカン属の交配で作られた柑橘類の商標名
*2 訳注：細長い切り身の魚のフライ

それを消費する主な活動一覧

摂りすぎて使われなかったエネルギーは、やがて体脂肪に変換される。エネルギー消費量は体の大きさ（体重が重い方が多い）や性別（一般に女性は男性より5〜10%少ない）、年齢（歳を取るにつれて低下する）によってさまざまだ。ちなみに**1kg**の体脂肪には、マラソン3〜4回分のエネルギーが含まれている。

さまざまな身体活動によるエネルギー消費量

スポーツのレベルは地域の強豪クラブ程度。体重65〜75kgの男性の例を示した。

単位は1分あたりのkJ
1kJ＝0.24kcal
1kcal＝4.18kJ

- 睡眠 2〜15kJ
- 覚醒状態（安静時） 3〜6kJ
- アイロンがけ 8kJ
- ヨガ 10kJ
- ウォーキング 時速4km 14kJ
- スローテンポの社交ダンス 15kJ
- 掃除機がけ 15kJ
- 軽いエアロビクス 18kJ
- サイクリング 時速10km 18kJ
- アップテンポの社交ダンス 20kJ
- 階段上り（ゆっくり） 20kJ
- 水泳 時速1.5km 23kJ
- ウォーキング 時速7km 25kJ
- 激しいエアロビクス 35kJ
- サッカー 40kJ
- サイクリング 時速20km 41kJ
- ランニング 時速8km 42kJ
- 階段上り（速く） 45kJ
- ランニング 時速10km 49kJ
- テニス 50kJ
- 水泳 時速3km 54kJ
- スカッシュ 55kJ
- ランニング 時速15km 66kJ
- 全力疾走 200+kJ

第2章　人体の見えない働き

07 | こうして食べ物は消化される
DISASSEMBLY LINE

吸い込んだ酸素以外の人体のすべてのエネルギーは、食べたり飲んだりしたものから得られている。それらを手に入れることが消化の役割であり、咀嚼と分解の壮大なプロセスとなっている。おいしい一口の食べ物はどろどろに噛み砕かれて食道をさっと滑りおり、胃に入って強い酸と酵素でできた分解用の消化液に浸かることになる。そこから糜粥(びじゅく)として流れ出すと、小腸のさらに多くの酵素によって分解が進み、非常に小さな分子となって腸の内層から吸収され血液に入る。さらに、水や一部のビタミンなどを吸収する役目を持つ大腸を抜け、残りは直腸に行き着いて排泄を待つ。

消化吸収面積を広げる仕組み

ほとんどの栄養素は小腸で吸収される。
小腸はただの管と違い、
内部の表面積が段階的に増えていく。

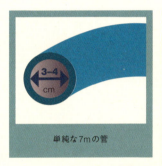
単純な7mの管

輪状ヒダ(りんじょう)
内側の粘膜のヒダ

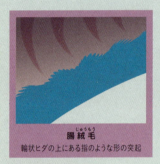
腸絨毛(じゅうもう)
輪状ヒダの上にある指のような形の突起

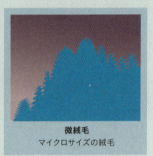
微絨毛
マイクロサイズの絨毛

0.6m² 3m² 10m² 50m²

唾液	胃	小腸	膵臓	肝臓（胆汁）	大腸	水分のうち約95%が再吸収され、便として失われるのはごくわずかだ
1~1.5ℓ	1.5~3ℓ	1~2ℓ	1.5~2.5ℓ	1ℓ	0.2~0.5ℓ	0.2ℓ

1日に作られる消化液の量(ℓ)

消化プロセスで作られた大量の消化液は、大腸で驚くほど大量に再吸収される。
毎日10ℓ以上の水を飲まなくてすむのもそのおかげだ！

*1 きちんとよく噛んだ場合
*2 胃で脂肪が多い食品が消化される際は、炭水化物やタンパク質より1~2時間長くかかる。

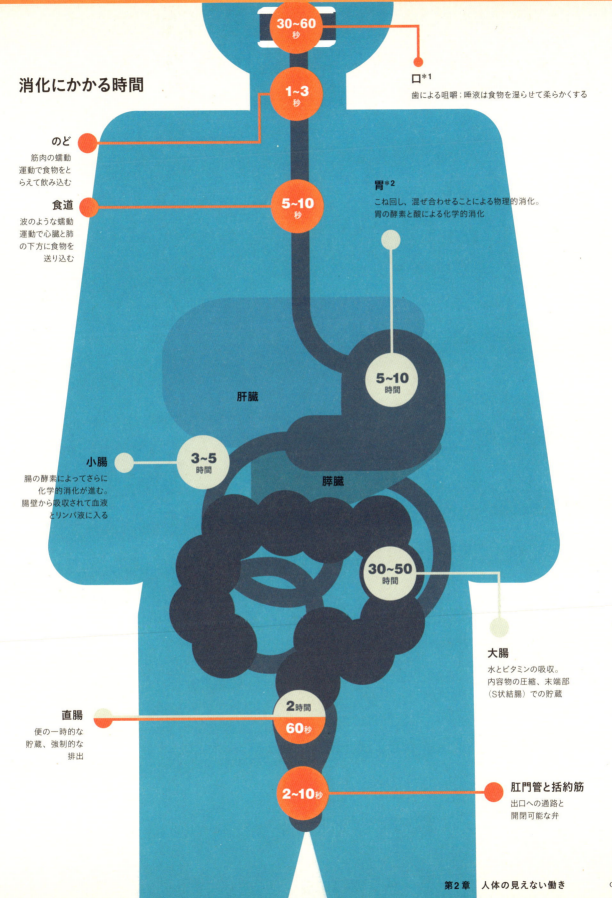

08 血液の成分を突き止めるには
BLOOD CONTENTS

血液の約半分は水分だ。残りは、生命に欠かせない最も重要な物質である酸素、エネルギー豊富な糖や脂肪、病気と闘うための抗体タンパク質、必要な栄養素やミネラル、ビタミンなどがある。血液に含まれる赤血球と白血球について掘り下げようとすると、すぐにとんでもない数字と出くわすことになる。新しい赤血球は毎秒200〜300万個の速度で作られ、1個の赤血球には酸素の運び屋である赤いヘモグロビン分子が2億8,000万個含まれ、1個のヘモグロビンには7,000個以上の原子が含まれている。これらの原子の数を合計すると、1秒当たり6000兆個となる。

血小板
血液の凝固に関わる。
1mm³当たり
150,000〜400,000個

血漿（けっしょう）

赤血球
酸素と二酸化炭素の輸送を担う。
1mm³当たり
400万〜600万個

白血球
①侵入してきた細菌を飲み込む、
②抗体の生産、
③全身免疫、④寄生虫と腫瘍細胞を攻撃、
⑤アレルギーに関わる。
1mm³当たり
4,000〜11,000個

1　0.5

53–57

43–46

血液の主な成分（％）

主な成分を相対的な割合として示した。

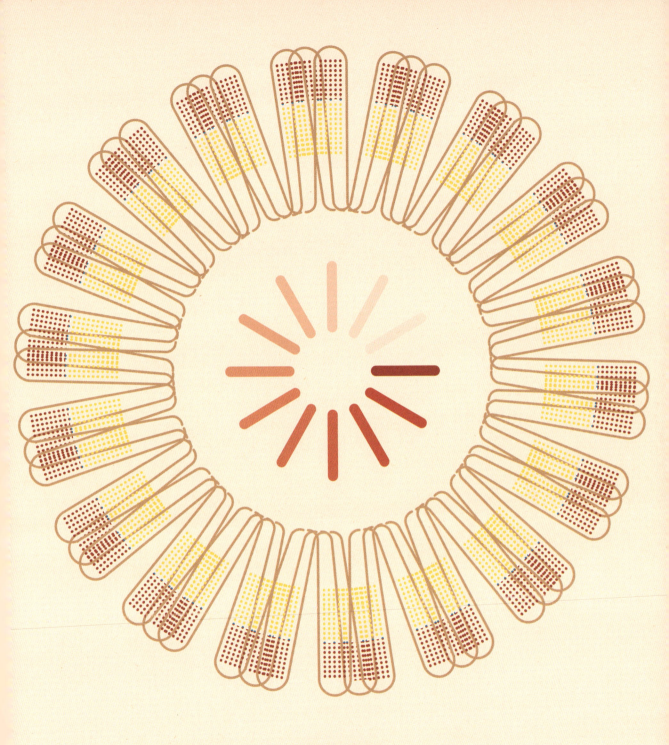

**分離方法：
血液が入った試験管を毎分 150,000 回転させる**

昔の医者は血液を調べるとき、試験管に入れて地球の自然の重力によって成分を分離させていた。そうすると、最も重い成分が底に沈むのだ。現在では、高速の超遠心分離機で、血液を毎分150,000回——毎秒2,500回——以上回転させている。このとき生じる力は2Mg、すなわち通常の重力の200万倍。この方法なら、ウイルスやDNA、タンパク質といった血液中の最も小さい成分も分離できる。地球の重力で分離されるのを待っていたら、宇宙の推定年齢よりも時間がかかってしまうだろう。

第2章 人体の見えない働き

35.0℃以下	36.5～37.5℃	37.5～38.31*1 ℃以上
低体温	正常な体温	発熱

09 | 生き延びるための化学作用
THE CHEMISTRY OF SURVIVAL

体温は化学反応速度の重要な要因だ。体内で次々に起きている恐ろしい数の生物化学的反応——代謝——は、非常に狭い範囲の体温の中で細かく調整されている。普通の体温は36.5～37.5℃で、24時間周期で1℃ほど上下するのが普通だとされている。この範囲を外れると、化学反応の大部分をコントロールしている酵素の効果がなくなり始め、じきに1つの代謝経路がおかしくなって別の代謝経路の妨げとなり、連鎖反応があっという間に広がる。

毎日の体温の変化（℃）

日常の生活では、深部体温は自然なバイオリズムに従って24時間ごとに上下している。それに加えて、深部体温は環境や体の活動レベルに応じて0.5℃近く変動する。

37	36.4	36.4	36.8	37.5	37.4	37.3	37.1
午前0時	午前3時	午前6時	午前9時	正午	午後3時	午後6時	午後9時

人は冷たい水の中でどのくらい生きられるか

水流の速さにもよるが、水は空気の25倍の速さで体温を奪い取る。ここでは、人並みに泳ぐことのできる大人が、普通のシャツとズボンと首周り用の浮き袋を身につけた場合のおおよその時間を示した。

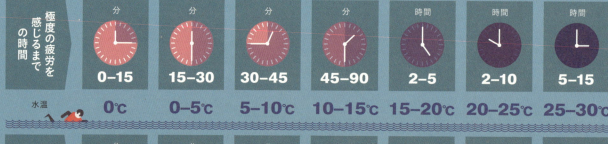

	極度の疲労を感じるまでの時間						
	分	分	分	分	時間	時間	時間
	0–15	15–30	30–45	45–90	2–5	2–10	5–15
水温	0℃	0–5℃	5–10℃	10–15℃	15–20℃	20–25℃	25–30℃
死に至るまでの時間	分	分	分	時間	時間	時間	時間
	15–30	15–45	30–60	1–3	3–7	3–12+	24+

*1 正常時の昼夜の体温変動によって変わる（上の図を参照）。

低体温症が進むと人はどうなるか

超低体温になると2つの異常な行動を取ることがある。

軽度 32〜35℃

真っ白な皮膚、寒気、疲労、空腹、吐き気、震え、運動障害、鈍い動き、協調運動ができなくなる

中度 28〜32℃

呼吸数と心拍数が低下する

ろれつが回らなくなり、方向感覚がなくなるか頭が混乱する

重度 28℃以下

運動神経の指令で血管が広がる（血管拡張）

体の中心部からくる温かい血液のため、皮膚と末端部の温度センサーは体温が高すぎると感じる

脳は体が熱くなりすぎているという感覚を受け取る

意識不明になる

終末期もぐり込み行動
狭い空間にもぐり込む。原始的な冬眠本能と関係があるのかもしれない

裸になると脳は攻撃されやすいと感じる

矛盾脱衣
衣服を脱ぐ

第3章
遺伝する人体
GENETIC BODY

核
遺伝物質であるDNAを含む。DNAは細胞の多くの活動をコントロールしている。

核小体
リボソームを組み立てる場所。

01 細胞の内部を覗いてみると……
INSIDE A CELL

「典型的」な体細胞は、ぼんやりした球体だ。直径は約20μmなので、50個並べてようやく1mmになる。だが、ここには困った問題がある。「典型的」な体細胞など、実際には存在しないからだ。一番典型的と言えそうなのは肝細胞で、ここに示したように優秀な「万能選手」だ。他のほとんどの細胞は、形や中身がとても特殊だが、それらについては他のページで詳しく説明しよう。体が器官と呼ばれる主要なパーツでできているのと同じように、細胞には細胞小器官がある。たいていはコントロールセンターである核が最も大きく、遺伝物質であるDNAはここに収まっている。他の主な細胞小器官と主な機能もここに示した。

ゴルジ体／ゴルジ複合体
細胞内で使う脂肪やタンパク質を加工してまとめ、輸送する。

数はどのくらい？

体細胞の数は、推定方法によって数十億個から20京（200,000,000,000,000,000）個までさまざまだ。

細胞の容積による推定は15兆個、重さによる推定は70兆個になる。

細胞の大きさ、数、さまざまな組織にどう詰め込まれているかを考慮した最新の計算では、37兆個（37,000,000,000,000）と推定されている。

つまり、細胞を1秒に1個ずつ数えると100万年ちょっとかかるということだ。

重さはどのくらい？

典型的な細胞1つ分の重さは
1ナノグラム（ng）
すなわち10億分の1g。
ということは……

0.000,000,001 g

細胞膜
細胞を出入りするものをコントロールし、内部を守る。

細胞質基質
細胞に形や内部の骨組み、構造をもたらす細胞骨格を提供する。さまざまな物質が溶けこんでいる。

ミトコンドリア
糖のようなエネルギーの高い物質を分解して細胞にエネルギーを提供する。

リソソーム
古くていらない物質を分解して再利用する場所。

小胞体
脂質の合成、タンパク質の加工、酵素の貯蔵、解毒。

リボソーム
タンパク質の合成——アミノ酸を結合してもっと大きな分子やタンパク質を作る。
（p.80-81ページを参照）

大きさはどれくらい？

人間などの哺乳類の細胞では、平均的な大きさ（容積）は

0.000,004 mm^3

これは1cm^{3}の10億分の4に当たる。

第3章　遺伝する人体

02 個性派ぞろいの細胞たち
CELLS GALORE

人体には200種類以上の細胞がある。それぞれが特殊な形をしていて、内部に独自のパーツと細胞小器官を持ち、その細胞ならではの役割を果たしている。例えば、神経細胞（ニューロン）には、軸索（神経線維）と樹状突起と呼ばれる長く曲がりくねった突起があり、それらを使って仲間の神経細胞と情報をやりとりしている。エネルギーをたくさん必要とする筋細胞にはミトコンドリアがぎっしり詰まっているのに対し、赤血球は酸素の運び役であるヘモグロビンが入ったただの袋のようなものだ。ここではユニークな特徴を持つ細胞たちを示した。

皮膚
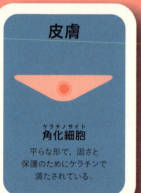
ケラチノサイト
角化細胞
平らな形で、固さと保護のためにケラチンで満たされている。

血液

赤血球
表面積を増やして酸素を吸収するため両面中央がへこんでいる。

血液

白血球
侵略者を追って組織に入り込むため、かなり柔らかい。

骨格筋

横紋筋細胞
細長い紡錘形で、筋肉が収縮するときは短くなる。

心筋

心筋細胞
枝分かれして網状につながっている。一部の細胞が働く間、他の細胞は休憩している。

神経

ニューロン
たくさんの細い突起で他の神経細胞と互いにつながっている。

脂肪組織

脂肪細胞
脂肪を蓄えた大きな袋のような液胞を持つ。

骨

骨細胞
クモのような形で、周囲の骨の維持と修復を行う。

インスリンの産生

膵臓のβ細胞
インスリンホルモンの入った小さな袋がたくさんある。

杯細胞
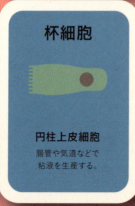
円柱上皮細胞
腸管や気道などで粘液を生産する。

シュワン細胞・結合組織

神経鞘細胞ともいう
神経線維に巻きついて守るミエリン鞘を作る。

線維芽細胞
多くの突起を持ち、コラーゲンなどの結合物質を作っている。

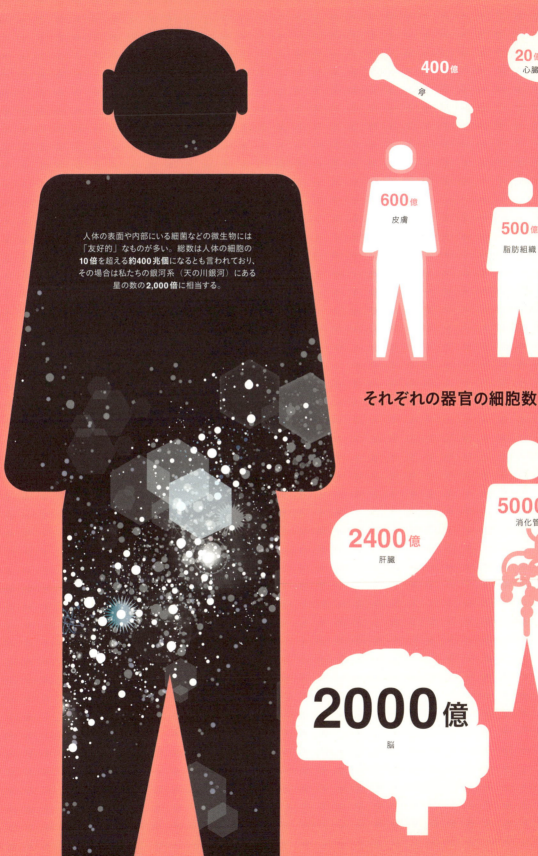

人体の表面や内部にいる細菌などの微生物には「友好的」なものが多い。総数は人体の細胞の**10倍**を超える**約400兆個**になるとも言われており、その場合は私たちの銀河系（天の川銀河）にある星の数の**2,000倍**に相当する。

400億 骨
20億 心臓
600億 皮膚
500億 脂肪組織

それぞれの器官の細胞数

2400億 肝臓
5000億 消化管
2000億 脳

03 DNAに書き込まれた暗号を解け！
DOWN AMONG THE DNA

人間の細胞のコントロールセンターである核の中には、DNAという遺伝物質（正式名称はデオキシリボ核酸）が46本含まれている。それぞれのDNAと、それに結合するヒストンというタンパク質を合わせて染色体と呼ぶ。染色体は23対あり、対を作っている2本の染色体は互いにほとんど同じだ。これらのDNAには、遺伝子が化学的な暗号として書き込まれている。遺伝子は、体とそのパーツが自ら発達し、機能し、維持して修復する方法が書き込まれた指令書だ。

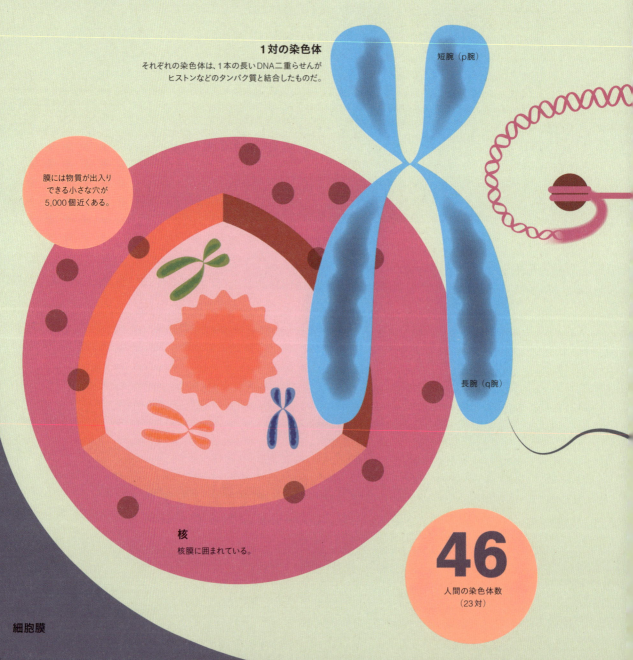

1対の染色体
それぞれの染色体は、1本の長いDNA二重らせんがヒストンなどのタンパク質と結合したものだ。

短腕（p腕）

長腕（q腕）

膜には物質が出入りできる小さな穴が5,000個近くある。

核
核膜に囲まれている。

46
人間の染色体数
（23対）

細胞膜

チミン	アデニン
THYMINE	**A**DENINE

グアニン	シトシン
GUANINE	**C**YTOSINE

塩基対
核酸塩基または窒素性塩基は、遺伝情報を伝える「文字」であり、いつもこの組み合わせになっている。

DNA 二重らせん

❶：広い主溝
❷：二重らせんは約10塩基対で1回転する
❸：狭い副溝
❹：デオキシリボース（糖）-リン酸骨格
❺：塩基対の架橋

ヒストンコア

超らせん状 DNA
DNA二重らせんがさらにねじれて自身に巻きつくことで生じる。

ヌクレオソーム
DNAの「ネックレス」の「ビーズ」1粒は、8個のヒストンタンパク質でできたコアの周りにDNAが1.7回巻きついたものだ。

第3章　遺伝する人体　　077

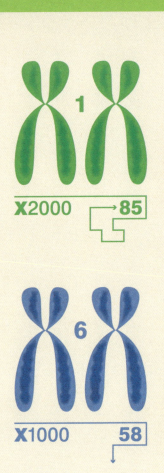
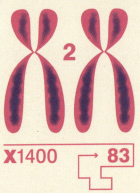
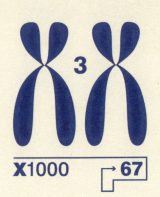
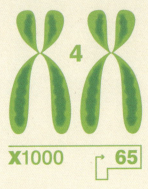

1　X2000　85
2　X1400　83
3　X1000　67
4　X1000　65

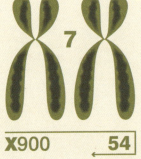
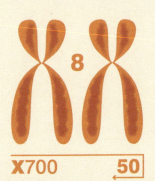
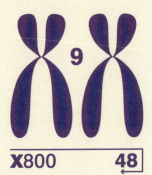

6　X1000　58
7　X900　54
8　X700　50
9　X800　48

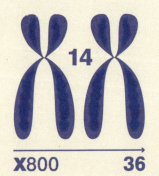
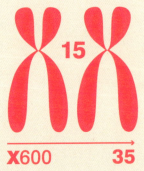
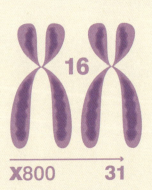

14　X800　36
15　X600　35
16　X800　31
17　X1200　28

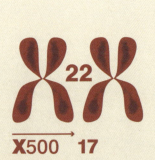
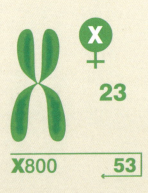

22　X500　17
23　♀ X　X800　53
Y ♂　X50　20

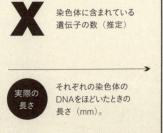

X　染色体に含まれている遺伝子の数（推定）

実際の長さ　それぞれの染色体のDNAをほどいたときの長さ（mm）。

核型
ある生物が持つすべての染色体を大きさの順に並べて表示したもの。ここに示した人間の核型では……

22対 のそっくりな染色体があり、だいたいは大きいものから順に番号がつけられている。

23対目 は形が違い、XとYの性染色体と呼ばれている。

  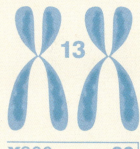

04 ゲノム：人体を作る指令書
THE GENOME

人体を作る遺伝子のすべての指令書をまとめてヒトゲノムと呼ぶ。ヒトゲノムは核内の46本のDNA二重らせんに積み込まれており、分子としては非常に長いが、細すぎて光学顕微鏡では見られない。しかし、細胞分裂の準備が始まると、曲がりくねったDNAが自身に絡んで巻きついて超らせん状になり、それがさらに太いらせんを形成する。最終的には太く短く凝集したX字型となり、適切な染色剤を使えば顕微鏡で見ることができる。この状態のものが染色体（chromosome。ギリシャ語でchromo-は色のついた、-someは体という意味）と呼ばれるようになったが、今では細胞分裂に備えて凝集したX字型の状態（ここでは二倍に増えてペアになった状態を表示）と、指令を出しているときの引き伸ばされて曲がりくねった状態の両方に使われている。

第3章 遺伝する人体

05 遺伝子から人体の部品ができるまで
HOW GENES WORK

遺伝子は、体を作り上げて機能させる方法が書かれた指令書だ。とはいえ、実際には何をしているのだろう？ DNAに含まれている遺伝子には、設計図や使用説明書のように、体の部品を作るための情報が化学的な暗号として保存されている。この部品は、たいてい分子レベルの大きさだ。多くの遺伝子にとって、部品というのはタンパク質のことであり、筋肉に力をもたらすアクチンとミオシン、皮膚を強くするコラーゲンやケラチン、アミラーゼやリパーゼなどの消化酵素など数百種類が存在する。さらに遺伝子は、細胞の活動（遺伝子の制御も含まれる）を取りしきったり促したりするのに深く関わる、さまざまなRNA（リボ核酸）の作成も指示する。

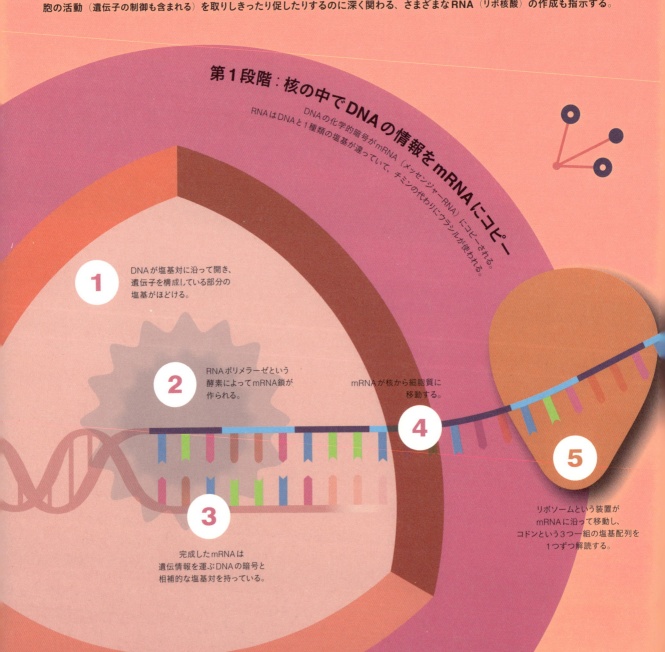

第1段階：核の中でDNAの情報をmRNAにコピー
DNAの化学的暗号がmRNA（メッセンジャーRNA）にコピーされる。RNAはDNAと1種類の塩基が違っていて、チミンの代わりにウラシルが使われる。

1. DNAが塩基対に沿って開き、遺伝子を構成している部分の塩基がほどける。
2. RNAポリメラーゼという酵素によってmRNA鎖が作られる。
3. 完成したmRNAは遺伝情報を運ぶDNAの暗号と相補的な塩基対を持っている。
4. mRNAが核から細胞質に移動する。
5. リボソームという装置がmRNAに沿って移動し、コドンという3つ一組の塩基配列を1つずつ解読する。

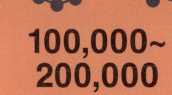

100,000〜200,000
体内のさまざまなタンパク質の種類

20,000
タンパク質を作るための情報を持っている遺伝子の種類（推定）

20
あらゆる生物に存在するアミノ酸の種類。アミノ酸をさまざまな順番で結合させることで、さまざまなタンパク質が作られる

第2段階：
mRNAの情報をもとに人体のパーツを作る

mRNAに書き込まれた情報を使い、リボソームとtRNA（トランスファーRNA）がタンパク質を合成する。

6 tRNAはコドンによって指定された正確なアミノ酸を運んでくる。

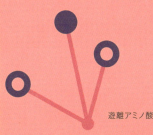

遊離アミノ酸

7 リボソームはアミノ酸を鎖のようにつないでいく。

8 アミノ酸の鎖が伸びてタンパク質が作られる。

第3章　遺伝する人体

06 細胞のオーダーメイド：ヘモグロビンの場合
HOW GENES SPECIALIZE

それぞれの細胞にはすべての遺伝子が揃っているのに、どうして見た目や機能はそれぞれ違ってくるのか？　その答えは、スイッチがオンになって活性化している遺伝子が細胞によって異なるからだ。基本的には、重要な「ハウスキーピング」遺伝子が働いて、細胞小器官を作る、エネルギーや老廃物を処理するといった基本的な仕事をこなしている。だが、その細胞独自の機能を担う遺伝子以外の、他のほとんどの遺伝子はスイッチがオフになっているか抑制されているのだ。例えば赤血球では、「ハウスキーピング」遺伝子と、酸素を運ぶヘモグロビンを作る遺伝子は働いているが、それ以外のほとんどの遺伝子は抑制されているのである。

第1段階：遺伝情報がコピーされる

11番染色体
ヘモグロビンサブユニットβ遺伝子、HBB。
位置　11p15.5（11番染色体、短（p）腕、15.5位）。

16番染色体
ヘモグロビンサブユニットα1遺伝子、HBA1。
ヘモグロビンサブユニットα2遺伝子、HBA2。
位置　16p13.3（16番染色体、短（p）腕、13.3位）。

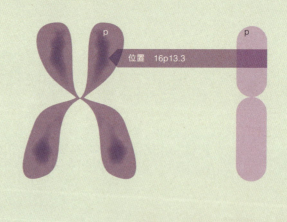

βグロビン鎖の生産。

第2段階：タンパク質のパーツが生成される

HBBを鋳型にしてmRNAが組み立てられる

リボソームがmRNAを「解読」しアミノ酸をつなげる。

11番染色体

DNAがほどけてHBB遺伝子がむき出しになる。

第3段階：ヘモグロビン分子が組み立てられる

1次構造
146個のアミノ酸配列によってβグロビン鎖が1本作られる。

2次構造
アミノ酸同士が結合したときの角度のため、鎖が折れ曲がってよじれ、αヘリックスが形成される。

3次構造
長いアミノ酸鎖（ポリペプチド）が折り重なり、ループ状やシート状になって、βグロビンの完全な3次元構造が作られる。

4次構造
αサブユニットとβサブユニットが2つずつ組み合わさって、完全に機能するヘモグロビンタンパク質になる。

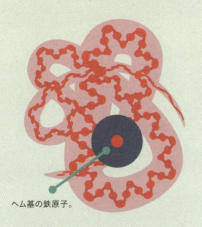

ヘム基の鉄原子。

1つの赤血球に含まれるヘモグロビンの数と容積占有率

280,000,000
赤血球1個当たりのヘモグロビン分子の数

赤血球の細胞質中のヘモグロビン分子

1/3
赤血球中のヘモグロビンが占める容積

第3章　遺伝する人体　083

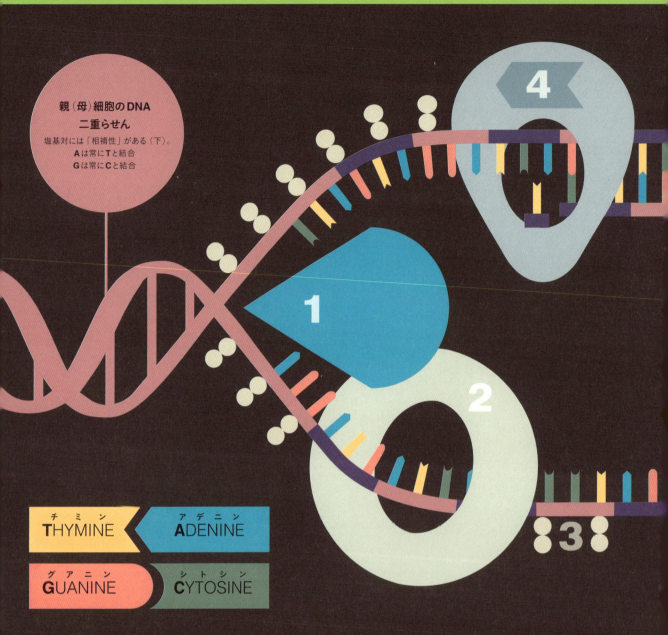

親（母）細胞のDNA
二重らせん
塩基対には「相補性」がある（下）。
Aは常にTと結合
Gは常にCと結合

チミン	アデニン
THYMINE	ADENINE
グアニン	シトシン
GUANINE	CYTOSINE

07 | DNAの複製工場
DNA DOUBLE-UP

死なない細胞はない。次の項目08でわかるように、細胞は分裂して娘細胞を生じる。そこでは、染色体のDNA（デオキシリボ核酸）に含まれている遺伝子をコピー（複製）することが重要になる。そうすれば、それぞれの娘細胞がすべての遺伝子を受け継いで、親細胞の仕事を続けることができるからだ。こうしたDNAの複製は、体内で起きるほとんどすべての出来事と関わっている。たとえば、最初の細胞（受精卵）にあったもともとのDNAから体が作られる驚異的なプロセスや、皮膚や血液などの使い古された細胞が置き換わる日々の細胞分裂などもそうだ。

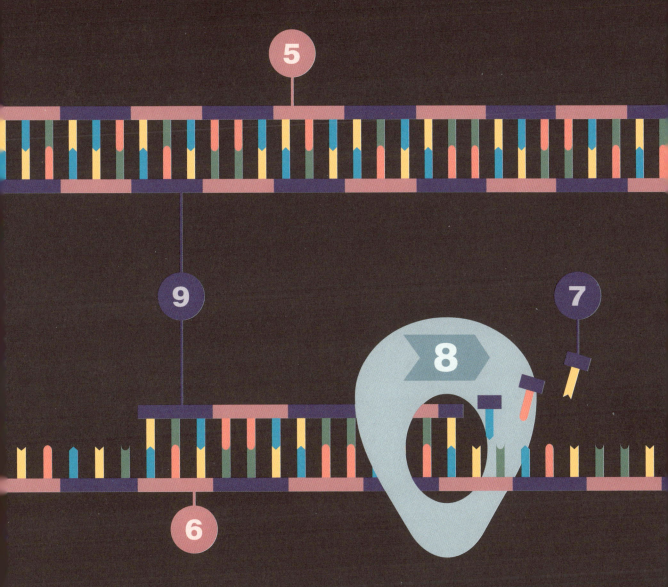

1: ヘリカーゼ
もとのDNAが持つ2本の親鎖を、塩基対の結合部分で「ファスナーを開ける」ようにほどいて分ける酵素。

2: DNAプライマーゼとRNAプライマー
DNAプライマーゼという酵素が、新たな相補的DNA鎖（娘鎖）を作る際の出発点となるRNA断片（プライマー）を作る。

3: 結合タンパク質
むき出しの塩基を保護し、再びくっついたり分離したり分解したりしないようにする。

4: DNAポリメラーゼ
親鎖の塩基を「解読」し、新しい塩基を付加して新しい相補鎖を作る酵素。

5: リーディング鎖
DNAポリメラーゼが親鎖の上を連続的に移動しながら合成する娘鎖。

6: ラギング鎖
DNAポリメラーゼはDNA骨格に沿って一方向にしか働かないので、こちらの娘鎖は「逆向き」に一段階ずつ合成される。

7: 岡崎フラグメント
ラギング鎖のために新しく作られた短いDNA断片。DNAリガーゼによってつなぎ合わされる。

8: DNAポリメラーゼとDNAリガーゼ
岡崎フラグメントを「返し縫い」のようにつなぎ合わせ、親鎖に相補的な新たな長い娘鎖が作られる。

9: 娘DNA
親鎖1本と新しく作られた相補的な娘鎖1本により、まったく同じ二重らせんが作られる。

第3章　遺伝する人体

08 | 細胞の分裂とその一生
HOW CELLS DIVIDE

細胞が、生物以外のものから自然にできてくることはない（例外は、生物学的な理論で言われているように、30億年以上前に細胞が初めて進化したときだけだ）。その代わり、細胞はそれまであった細胞から細胞分裂というプロセスによって作られるが、紛らわしいことに、このプロセスが細胞増殖と呼ばれることもある。細胞分裂では、たいてい1つの親細胞から2つの娘細胞が作られる。こうした分裂で重要なのは、核の分裂（有糸分裂）だ。それに先立ち、それぞれの娘細胞が一組ずつ受け取れるように、すべての遺伝物質（DNA）が複製される（性細胞である卵子や精子を作る細胞分裂は少し違うので、p.184-5を参照のこと）。

間期
染色体のDNAはくねくねと広がり、遺伝子は活性化している。
DNAが複製される。

前期
染色体のDNAはそれぞれ折り畳まれて「凝縮」し
顕微鏡で見えるようになる。
核膜が崩壊し、中心体と微小管によって紡錘体が作られる。

中期
微小管が染色体にくっつく。
染色体が細胞の中央（赤道面）に整列する。

後期
複製された染色体のペアが、微小管によって
細胞の両端に引っ張られて分離する。

終期
染色体がそれぞれの娘細胞となる場所に到達する。
それぞれの娘細胞で核膜が再形成される。

細胞分裂の
タイムテーブル

この図では、細胞の一生における各段階の長さを%で表示した。

80 間期

10 前期

4 中期

1 後期

3–7 終期

細胞質分裂

親細胞が2つの娘細胞に分裂する。タイミングはさまざまだが、有糸分裂の初期から始まることもある。真ん中あたりにできた収縮環が細胞を絞り込んで分裂溝を作る。2つの娘細胞は、最終的に別々になる。

第3章　遺伝する人体

09 短命な細胞から長寿な細胞まで
THE LIVES OF CELLS

200種類以上ある体の細胞は、あらかじめ寿命が決まっていて、その組織でどんどん増殖している幹細胞から作られた、同じ種類の細胞と入れ換わっている。普通は、物理的に酷使されたり化学物質にさらされたりすると入れ換わりが速くなる。最も寿命が長い細胞は脳の奥にある。思考や感情、記憶をもたらすニューロンだ。細胞の数のものすごさは、体内で1秒間に新陳代謝された細胞を1列に並べると、1km以上になることからもよくわかるだろう。

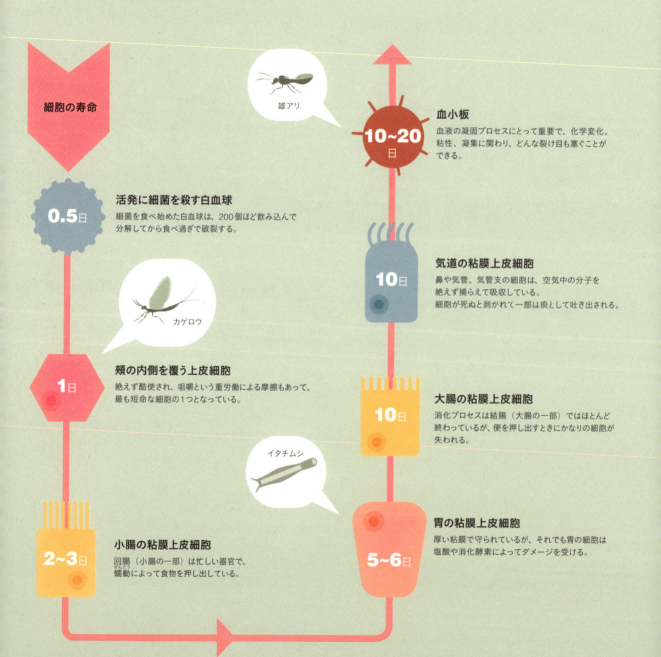

細胞の寿命

0.5日 活発に細菌を殺す白血球
細菌を食べ始めた白血球は、200個ほど飲み込んで分解してから食べ過ぎで破裂する。

カゲロウ

1日 頬の内側を覆う上皮細胞
絶えず酷使され、咀嚼という重労働による摩擦もあって、最も短命な細胞の1つとなっている。

イタチムシ

2～3日 小腸の粘膜上皮細胞
回腸（小腸の一部）は忙しい器官で、蠕動（ぜんどう）によって食物を押し出している。

雄アリ

10～20日 血小板
血液の凝固プロセスにとって重要で、化学変化、粘性、凝集に関わり、どんな裂け目も塞ぐことができる。

10日 気道の粘膜上皮細胞
鼻や気管、気管支の細胞は、空気中の分子を絶えず捕らえて吸収している。細胞が死ぬと剥がれて一部は痰として吐き出される。

10日 大腸の粘膜上皮細胞
消化プロセスは結腸（大腸の一部）ではほとんど終わっているが、便を押し出すときにかなりの細胞が失われる。

5～6日 胃の粘膜上皮細胞
厚い粘膜で守られているが、それでも胃の細胞は塩酸や消化酵素によってダメージを受ける。

目の網膜細胞
光を感知する視細胞（桿体と錐体）の平均寿命から、傷つきやすい目の内壁で絶えずゆっくりと新陳代謝が起きていることがわかる。

10～20日

脳のニューロン
数千個のシナプス（接合部位）を持つとてつもなく複雑な構造のため、脳のニューロンは、ほとんど一生長持ちする。

30,000日（80年）

表皮細胞
物理的に剥がれ落ちるか、摩擦や小さな傷のため、皮膚の外側の層（表皮）は少なくとも毎月入れ換わっている。

20～30日

記憶細胞（メモリー）
何かに感染した後、少数のメモリーT細胞とB細胞が何年も、何十年も体を循環し、同じ病気と再び闘うときに備えている。

22,000日（60年）

アフリカゾウ

赤血球
骨髄は毎秒200万個以上の赤血球を作り、同じ数の赤血球のミネラルが特に脾臓と肝臓で再利用される。

120日

ウマ

骨のメンテナンスを担う細胞
骨細胞は、四方八方に100本以上の「足」を持つクモのような形で、骨にミネラルを補給し代謝を維持している。

10,000日（25年）

肝細胞
肝細胞はマルチな細胞で、あらゆる種類のミネラルや栄養素を扱うだけでなく、ビタミンも貯蔵する。

150日

骨格筋細胞
筋細胞は、小さな多数の細胞が1つに融合した巨大な「多核細胞」で、直径は1mm近い。

5,500日（15年）

ネズミ

膵臓の細胞
膵臓の細胞の中にはインスリンやグルカゴンなどのホルモンを作るものや、小腸で使われる消化酵素を産生するものがある。

350日（1年）

肺の上皮細胞
空気の入った小さな袋（肺胞）には、ほこりやゴミの破片がゆっくりと溜まるため、1～2年ごとに置き換わる。

500日（16カ月）

第3章　遺伝する人体

10 遺伝子の相互作用が血液型を生む
HOW GENES INTERACT

ヒトゲノムは23対、46本の染色体またはDNAからなる。つまり、1番染色体も2番染色体も2本ずつあるのだ。それでは、対となっている染色体には、まったく同じ遺伝子のコピーが1つずつ含まれているかというと、その答えはイエスでもありノーでもある。ある人では、特定の遺伝子の2つの対立遺伝子はまったく同じだが、他の人では異なっているため、優性（顕性）の（現れやすい）対立遺伝子が劣性（潜性）の（現れにくい）対立遺伝子を「上回る」ことになる。その一例がRh式血液型の遺伝子だ。その遺伝子の対立遺伝子によって、血液型がRh+またはRh−になる。

位置:1p36.11
（1番染色体、短（p）腕、36.11位）

血液型Rh遺伝子の2つの対立遺伝子
名称：RHD（その他）
長さ：58,000塩基対

それぞれの生成物
名称：赤血球上のRhDタンパク質
長さ：アミノ酸416個

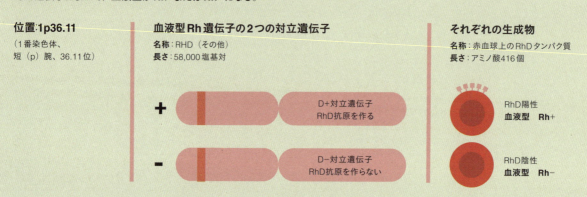

+ D+対立遺伝子 RhD抗原を作る → RhD陽性 血液型 Rh+
− D−対立遺伝子 RhD抗原を作らない → RhD陰性 血液型 Rh−

＋（プラス）と−（マイナス）の3通りの組み合わせから、2種類の血液型が生まれる

RHD遺伝子の場合、2本の1番染色体にある対立遺伝子次第で3種類の組み合わせがある。対立遺伝子の片方は母親から、もう片方は父親から受け継いだものだ。D+は表に現れやすく（優性）、D−は現れにくい（劣性）。

- 両方の1番染色体にD+対立遺伝子がある場合
- 両方の1番染色体にD−対立遺伝子がある場合
- 片方の1番染色体にD+対立遺伝子が、もう片方にD−対立遺伝子がある場合 D+の方が表に出やすい（優性）

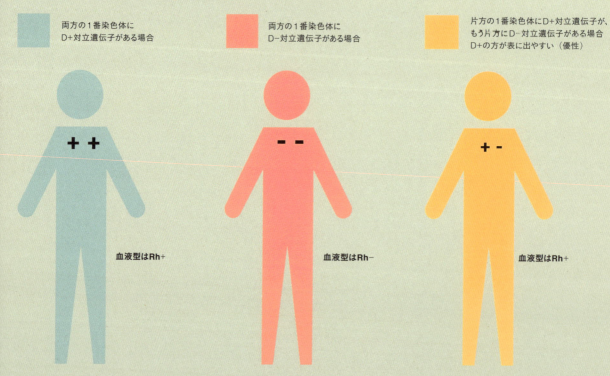

++ 血液型はRh+　　−− 血液型はRh−　　+− 血液型はRh+

遺伝学の複雑さは こんなものでは ありません。
左ページのRh式血液型の説明は、とても簡単にしたもの。

RHD遺伝子の対立遺伝子は2つだけではなく、**50種類以上存在する。**

つまり、Weak DやPartial D、Delなど、**たくさんのRhDタンパク質がある**ということ。

しかも、Weak Dにもいろいろある。
Weak D type 1、Weak D type 2、Weak D type 4、Weak D type 11、Weak D type 57など。

さらに、RhDは「Rhファミリー」遺伝子群の**1つに過ぎない。**

他にはRHCE、RHAG、RHBG、RHCG遺伝子があり、**他の染色体に位置するものもある。**

これらの遺伝子からはC、E、c、eなどの**さまざまなタンパク質が作られる。**

しかも、Rhだけが血液型ではないのをお忘れなく。9番染色体によるABO式、4番染色体によるMNS式、L（ルイス式）、K（ケル式）など、**30種類以上の分け方がある。**

ちょっと見ただけでも、遺伝学がどうしてそんなに複雑なのかがわかるだろう。

第3章 遺伝する人体　091

11 えくぼでわかる遺伝の仕組み
INHERITING GENES

遺伝子は、両親から直接受け継がれる。前に説明したように、体内のそれぞれの細胞には、対になった1～23番染色体として、すべての遺伝子が2つずつ含まれている。これらは、もとの2つの染色体から細胞分裂によって何度も繰り返し複製されたものだ。もとの2つのうち、1つは母親の卵子から、1つは父親の精子からきたものだ（p.184を参照のこと）。遺伝子のさまざまなバージョン（対立遺伝子）の組み合わせによって、どんなに異なる結果が現れるのか――それを知るにはまず、笑ってみよう！

えくぼができたりできなかったりする理由

頬の小さなくぼみは、おそらく優性のえくぼ遺伝子（対立遺伝子）によってできたものだ。これを+としよう。えくぼができない場合の劣性の対立遺伝子を-とする。母親が持つ2つのえくぼ遺伝子のうち、それぞれの卵子に受け継がれるのは片方だけで、父親の精子に受け継がれるのも片方だけだ。それらの組み合わせはまったくの偶然によって決まる。

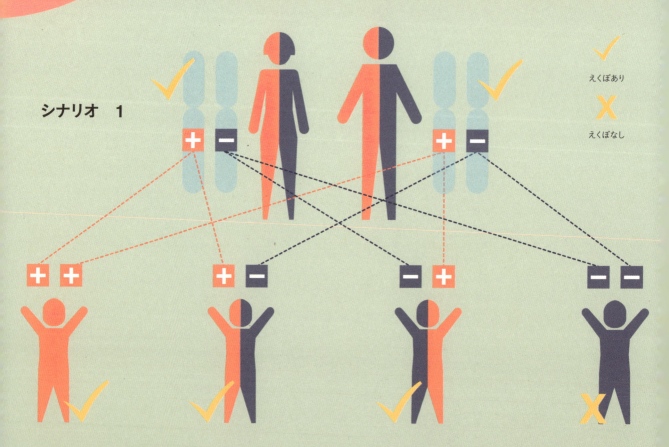

シナリオ 1

✓ えくぼあり
✗ えくぼなし

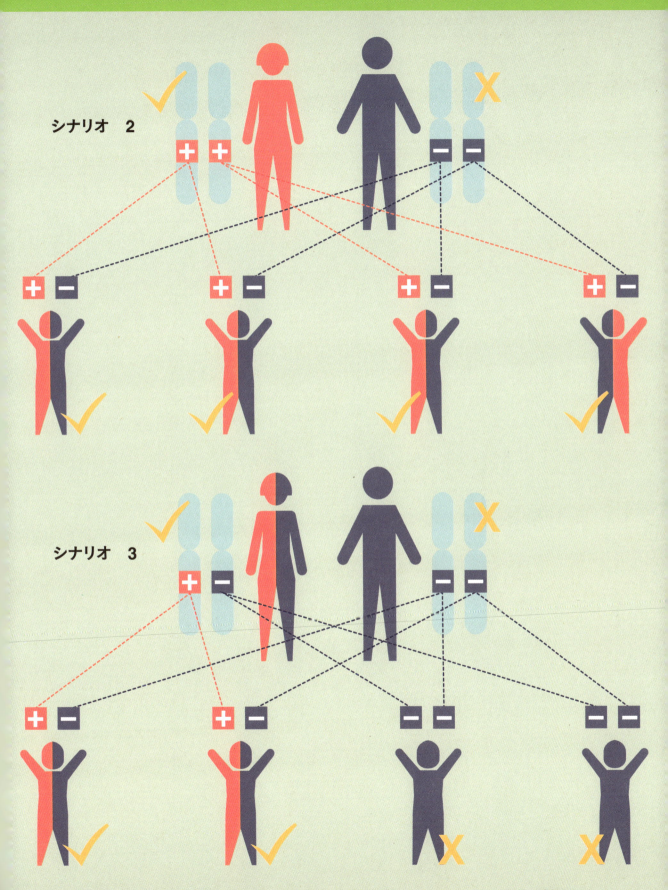

12 DNAでたどる現生人類の起源
THE GENETIC EVE

細胞の「エネルギー工場」であるミトコンドリアには、ミトコンドリアDNA（mtDNA）という短いDNA鎖がそれぞれ含まれている。受精のとき、精子は卵子に侵入するが、ミトコンドリアは受け継がれない。そのため体のmtDNAはすべて母親から受け継いだものだ。現生人類（Homo sapiens）のmtDNAの変化や変異を調べていくと、理論的には20万年前のアフリカにいた1人の女性「ミトコンドリア・イブ」にたどり着く。

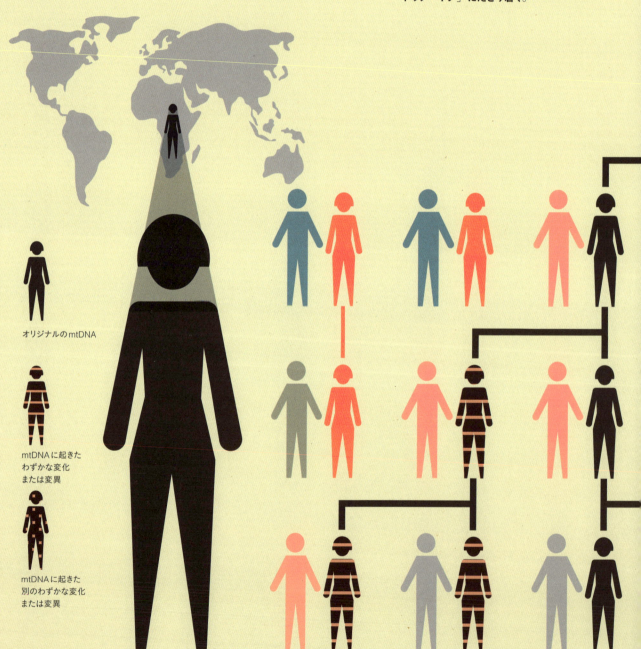

オリジナルのmtDNA

mtDNAに起きたわずかな変化または変異

mtDNAに起きた別のわずかな変化または変異

第3章　遺伝する人体

第4章
感じる人体
SENSITIVE BODY

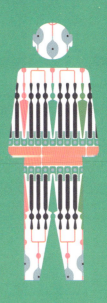

新生児

3歳

01 世界を知覚する驚異のカメラ
EYES HAVE IT

目が見える人では、外の世界に関する知覚情報の約3分の2が
目から入ってくる。リアルタイムで動き回り、とてもはっきりとした
フルカラー映像が得られるこの生体のカメラは、
ゼリー状の液体で満たされた直径ほんの2.4cmの球体に、
複雑な構造と組織が詰め込まれた驚異的な器官だ。
光線は、ほぼ完全に透明ないくつかの物質を通り抜けながら
屈折し（曲がり）、網膜で感知される。
すると今度は神経シグナルが送り出されて脳に届く。
光をさえぎる障害物を最小限にするため、角膜や水晶体、
硝子体は透明で、体内で最も血液が少ない組織になっている。
単純な拡散または浸透によって、角膜は涙と房水から栄養素を、
空気から酸素を取り込み、水晶体はそれらを房水から
取り入れている。

眼球の大きさ
目は、生まれたときと大人になったときの
大きさの差が最も小さい器官だ。
それでも球体が大きくなるときの常として、
新生児から大人になるまでに
直径は41％増えるだけだが、
容積は188％も増える。

大人 (15+)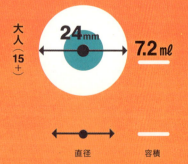

直径　容積

硝子体(しょうしたい)

虹彩

厚さ▼

0.25mm 結膜
目を覆う繊細な粘膜。涙とまばたきによって絶え間なく洗われている

0.35mm 網膜
目の内部を覆い、光を感じ取る層

0.5mm 角膜
目の前側にある半球状の透明な組織

30m先の物体から光が届くまでの秒数

← **0.000,000,1** →

（1000万分の1秒）

1〜1.5mm 房水
角膜と水晶体の間、虹彩の両側にある液体

4mm 水晶体
弾力性があり、光線の細かい焦点を調整する

瞳孔の大きさ
2 4 **8**
虹彩の中央に開いた孔（直径mm）

薄暗いときには虹彩が広がる

第4章　感じる人体

02 盲点があるのは なぜ？
INSIDE THE RETINA

この色彩豊かで奥行きがあり、動き続けている世界の映像を感知している網膜は、親指の爪くらいの大きさの領域だ。網膜には光を感じ取る桿体細胞と錐体細胞、そこから通じる神経線維、神経線維からの情報を送信する神経細胞層、さらに情報を処理する3層の神経細胞、これらに酸素と栄養素を供給する血管のネットワークが詰め込まれている。すぐに気づく問題は、錐体細胞と桿体細胞が網膜のほとんど一番下にあることだ。そのため、光は障害物や影を作り出す他のすべての構造を通り抜けなければ、これらの細胞にたどり着けない。これは「設計上の欠陥」のようにも見えるが、情報処理を行う神経細胞の各層や脳そのものは、すぐにそこに何がありそうなのかをうまく計算して、この欠陥を補うことができるようになっている。

目 vs. テレビ画面

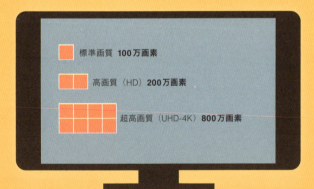

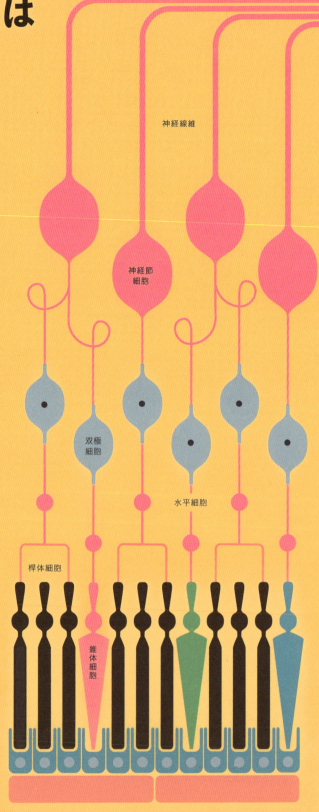

TRY! あなたの盲点を見つけてみよう

誰にでも盲点がある。盲点とは、100万個近い神経節細胞の神経線維が集まり、
視神経として網膜の後ろ側から出て行く場所のことだ。
ここには桿体細胞も錐体細胞もないので、「盲点」という言葉とも合っている。

右目を閉じて、左目で図の十字を見てみよう。
十字を見ながら本を前後に動かすと、
左側の「目」のイラストが消える瞬間がある。

こちらの図でも同じことを
したときに、
黒い線はどうなるだろう？

目が色で囲まれているときはどうなるだろう？

目が模様で囲まれているときはどうなるだろう？

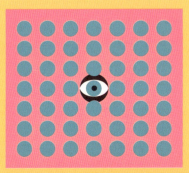

第4章　感じる人体

03 脳がつくり出す「現実」
EYE TO BRAIN

目に見えるのは、「心の目」が見ているもののほんの一部だ。私たちはむしろ、過去に生きているとさえ言える。
それというのも、網膜の桿体細胞と錐体細胞が光線に反応してから、神経シグナルによって伝わってきた映像を
心が認識するまでの間に50〜100ミリ秒（0.05〜0.1秒）のギャップがあるからだ。
この遅れが起きる一因は、神経シグナルが網膜のネットワークを作っている細胞から視神経、脳の視交叉と神経路を通り抜けて、
後頭葉後部の主要な視覚中枢に届き、それからあちこちの付属的な中枢がシグナルを「共有」して、
それぞれの角度から状況を分析していることにある。心はこうしたすべての情報から独自の視覚的現実を構築する。
過去を振り返り、先を見通し、分析し推測し、調整し対応して常に働き詰めだが、常に少しだけ遅れがある。

視野：人間にはどれくらい「見えている」のか？

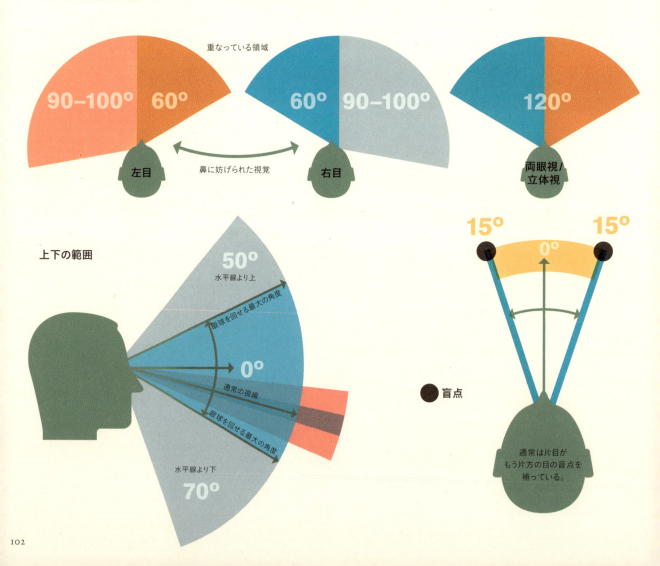

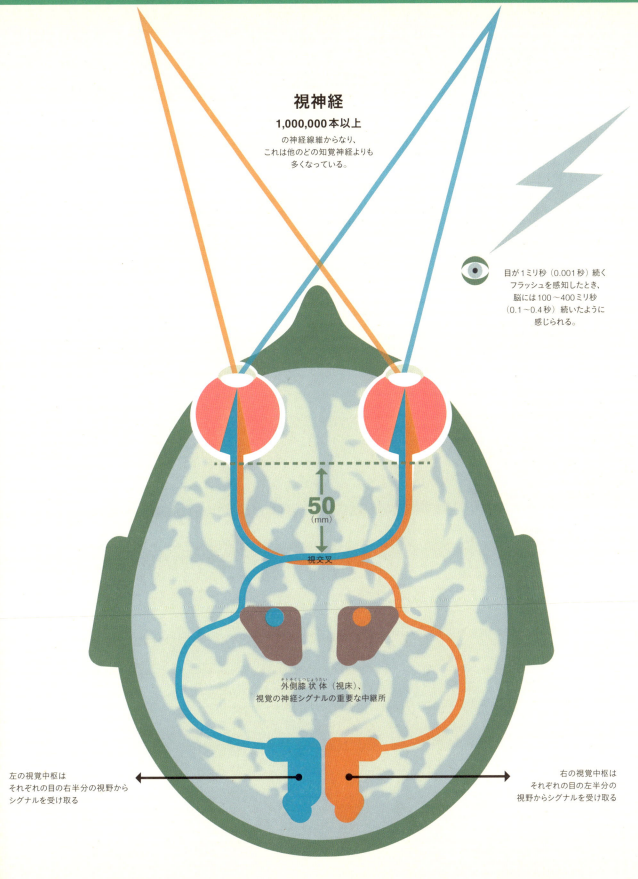

04 | 聴覚：空気の振動が電気信号に変わるまで
SOUND SENSE

世界中にあふれる音は、高さわずか10mmのカタツムリの形に似た器官から聞こえてくる。これは内耳の奥深くに位置しているが、小さな爪の上に余裕で載せられる大きさだ。蝸牛（かぎゅう）は鼓膜と耳小骨を介して空気の振動を受け取り、電気的な神経シグナルに変換する。その重要なパーツは、内部にあるらせん状の柔らかい基底膜に沿って並んだ約3,500個の内有毛細胞だ。内有毛細胞の上部では小さな感覚毛が伸びてゼリー状の「天井」に入り込んでいるが、基底膜が振動するとこの感覚毛が曲がったりねじれたりする。こうしたものすごく小さな動きによって有毛細胞から神経シグナルが発生し、それが聴覚神経に沿って移動して脳の聴覚中枢に伝わる。

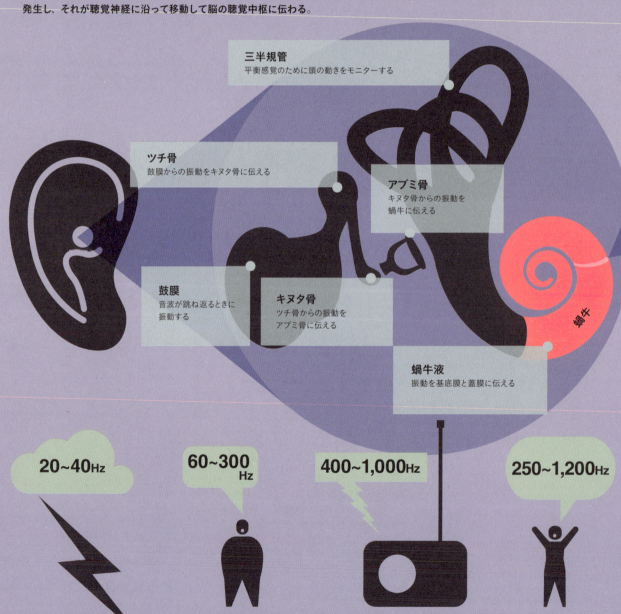

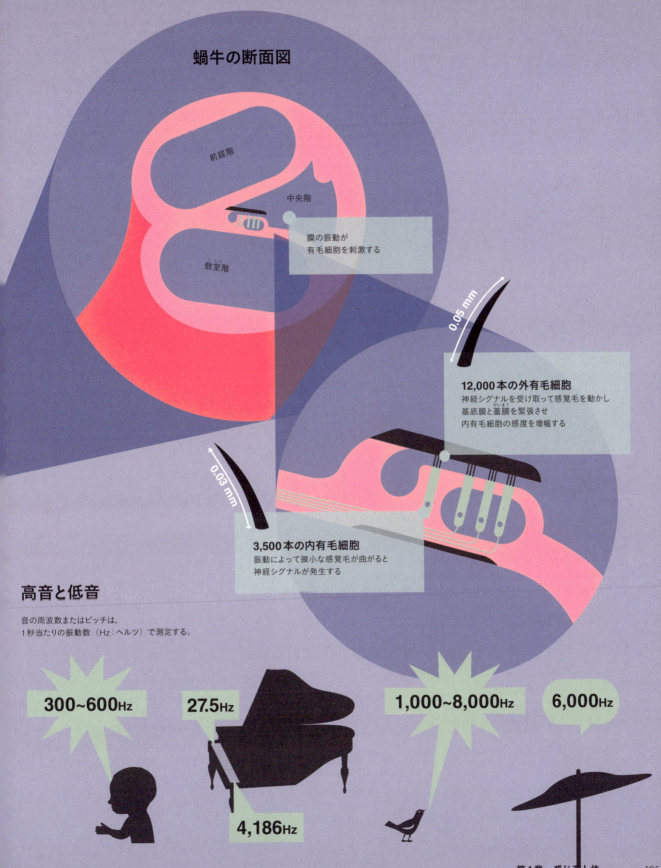

05 音が立体的に聞こえる仕組み
LIFE IN STEREO

聴覚は視覚に次いで情報量の多い感覚で、発生源から離れていても働く3つの感覚の1つ（もう1つは嗅覚）である。

音の速さ

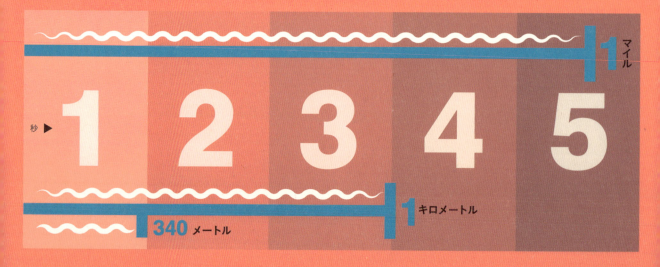

秒 ▶ 1 2 3 4 5

1 マイル
1 キロメートル
340 メートル

音の速度は光の速度より100万倍遅いので、耳は遅延システムを利用して方向や距離を判断している。これは両耳の間隔を利用したもので、音楽などの音が近い方の耳に届いてから遠い方の耳に届くまでに0.001秒ほどかかることが基本だ。また、音は遠い方の耳にはより静かに弱く聞こえる。だが、脳の視覚中枢は、文字通りほんの一瞬でそれらの情報を感じ取る。それから脳は首の筋肉に命じて頭をそちら側……音楽が聞こえる方に向けさせる。

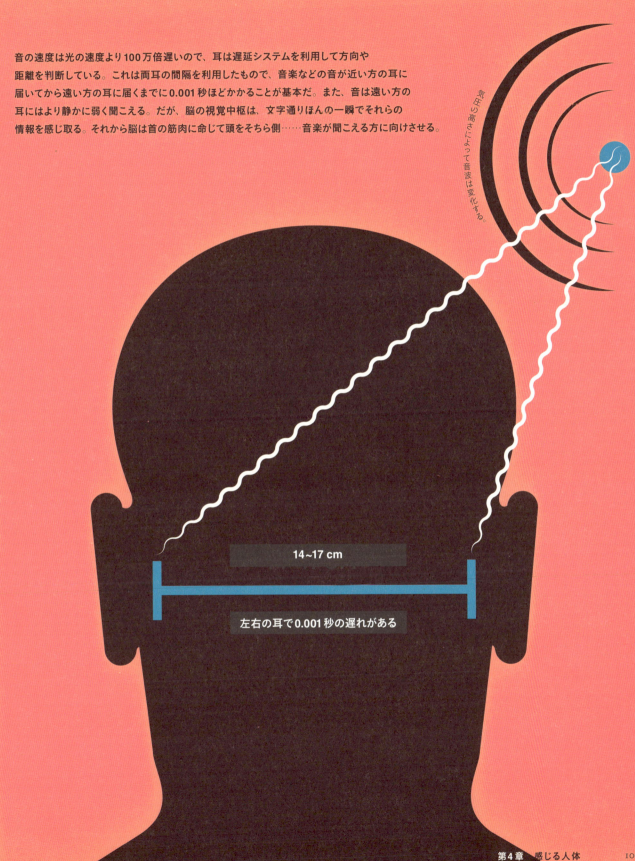

気圧の高さによって音波は変化する。

14〜17 cm

左右の耳で0.001秒の遅れがある

第4章　感じる人体

06 ああもう、うるさい!
LOUD AND LOUDER

音の大きさを示す尺度であるデシベル (dB) は、同じ量だけ段階的に上がる数列ではなく常用対数 (基数10) に基づいている。つまり、20 dBは10 dBの2倍ではなく10倍、30 dBは100倍になるということだ。あなたは、どのレベルから「うるさい」と感じるだろうか?

170 dB 鼓膜が破れる

140 dB 30m離れたジェットエンジン

120 dB 耳の痛みを感じる

110 dB 大音響のコンサート、近くの雷鳴

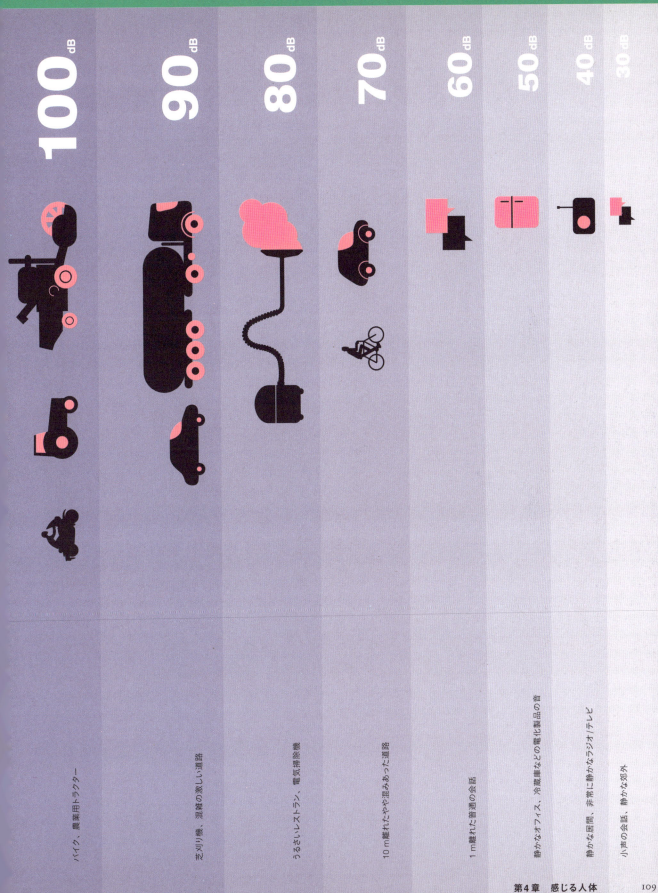

07 においが脳に届くまで
SCENTS SENSE

嗅覚は離れていても働く感覚で、情報量は3番目に多い。嗅覚によって、大気中の危険な蒸気やガスに関する情報がもたらされるだけでなく、食べ物や飲み物、植物、動物、他の人間からの、いいにおいや悪いにおいを感じることができる。においは強い喜びをもたらすことも、吐き気のような負の反応を引き起こすこともある。嗅覚は、脳の記憶や感情に関わる部分と他の感覚より強く結びついている。匂いによって強力な感情が掻き立てられるのはそのためだ。

「食べた」と感じさせるものの正体

味覚と嗅覚は別々の感覚システムだが、意識的知覚としては密接に組み合わさって一口食べるごとに全体的な「食体験」を作り上げている。

全体的な「食体験」への推定寄与率（％）

- 15% 記憶
- 15% 味覚
- 10% 周辺の状況
- 60% 嗅覚

3 ▲ 嗅上皮 (きゅうじょうひ)
両側の鼻腔の天井部分にある3cm²の領域で、500～1000万個の嗅細胞（嗅覚受容体ニューロン）が含まれている。粘液を分泌してにおい分子を溶かし、感知できるようにする。

2 ▼ 鼻腔 (びくう)
鼻中隔軟骨で左右に分かれている。粘膜は入って来る空気を温め、湿らせ、ろ過する働きを持つ。鼻甲介(びこうかい)は骨でできた山の尾根のようなもので、空気の流れを嗅上皮へ向ける役割がある。

START 1 匂い物質
見えない匂いの粒子（主に分子）が気流に乗る。粒子には大きさや形、電荷などの情報が含まれていて、身の回りの空気から鼻孔を通る前鼻腔性嗅覚経路(オルソネイザル)と、口の中の食べ物や飲み物から出て口蓋後部を通る後鼻腔性嗅覚経路(レトロネイザル)を移動する。

嗅細胞の神経線維(5)
神経線維は集まって20〜30本の束になり、頭蓋内部にある篩骨篩板という穴だらけの部位を通り抜け、嗅球に神経シグナルを伝える。これらの神経線維は嗅神経と見なされ、第一脳神経とも呼ばれる（嗅球と嗅索を含めることもある）。

嗅球(6)
前脳にある耳たぶのように突き出した部位で、主に5つの細胞層でできている。嗅球は、嗅細胞から来た神経情報を解読し、フィルターにかけ、調整し、増幅して処理する。

嗅覚受容体
空気に触れる嗅細胞の表面に埋め込まれた分子。「鍵と鍵穴」のようなしくみで、それぞれに特定のにおい分子が結合することで刺激を受ける。嗅覚受容体細胞は神経シグナルを生み出し、それが神経線維を通って嗅球に送られる。

嗅索
嗅球と脳をつなぐ神経線維。

主な嗅皮質
嗅覚情報を取り扱う主な領域は、脳の内側側頭葉に位置し、感情や記憶に関わる領域と密接につながっている。

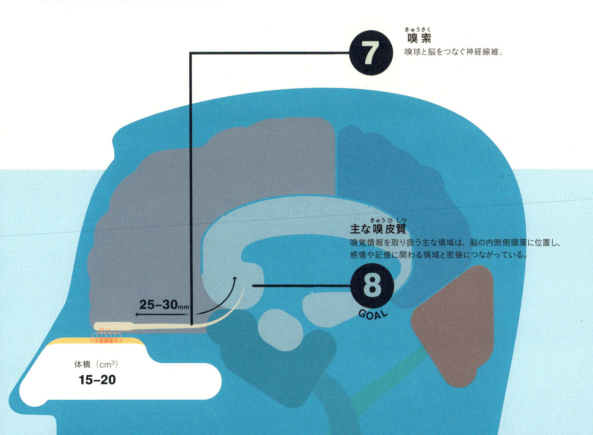

体積（cm³）
15–20

第4章　感じる人体

08 最高の味は一日にして成らず
BEST POSSIBLE TASTE

日常生活、特に素晴らしい食事を味わっているときの味覚は、嗅覚と密接に組み合わさっている。しかし、味覚は独立した感覚システムであり、見かけとはまったく違う。主要なセンサーである味蕾からの神経シグナルには、「味」の情報のほんの一部しか含まれていない。熱さや冷たさ、ザラザラした、ツルツルした、ドロドロした、といった味とは違う特徴が加わると、食べ物から得られる全体的な感覚は大きく変わる。味を区別するのは、においをかぎ分けるのと同じくらい複雑であることが、最近の研究からわかってきた。多くの味覚受容体は、味物質（味蕾を刺激する物質）によって刺激されると多くの神経シグナルをさまざまな速度で中枢に送り出す。脳は解読とパターン認識をさかんに行って答えを見つけ出すのだ。それでは、ちょっと一口食べてみよう！

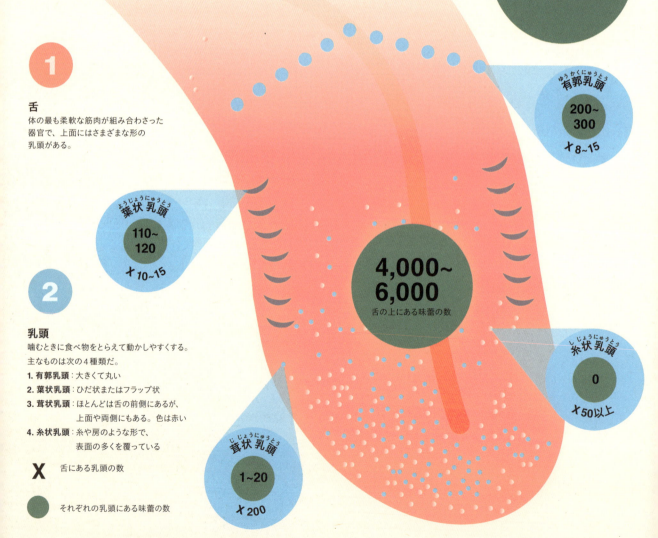

10,000
舌、唇の内側、歯茎、喉の上部にある味蕾の総数

1 舌
体の最も柔軟な筋肉が組み合わさった器官で、上面にはさまざまな形の乳頭がある。

有郭乳頭
200~300
× 8~15

葉状乳頭
110~120
× 10~15

4,000~6,000
舌の上にある味蕾の数

糸状乳頭
0
× 50以上

2 乳頭
噛むときに食べ物をとらえて動かしやすくする。主なものは次の4種類だ。
1. 有郭乳頭：大きくて丸い
2. 葉状乳頭：ひだ状またはフラップ状
3. 茸状乳頭：ほとんどは舌の前側にあるが、上面や両側にもある。色は赤い
4. 糸状乳頭：糸や房のような形で、表面の多くを覆っている

茸状乳頭
1~20
× 200

× 舌にある乳頭の数

● それぞれの乳頭にある味蕾の数

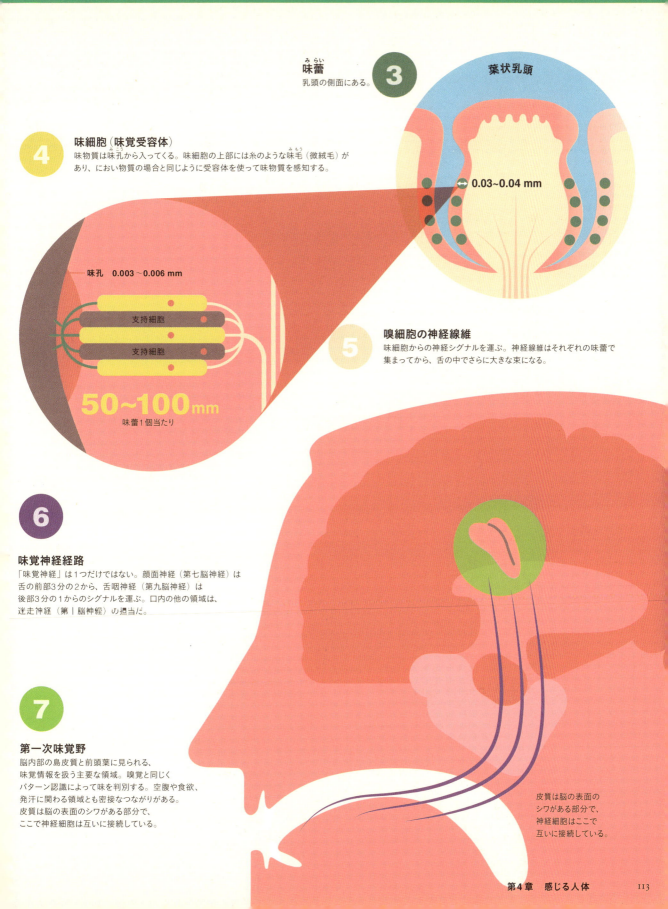

皮膚と表面の受容器

以下に示した特殊な受容器は、神経線維の末端部（神経終末）を構成する1個の細胞と見なされている。

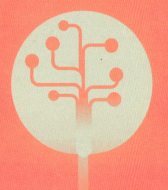

20〜100μm

クラウゼ小体

温度変化、特に冷覚を感知

ウィルヘルム・クラウゼ
（ドイツ、1833〜1910年）

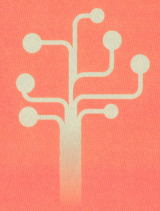

5〜20μm

メルケル触盤

軽い接触、軽い圧覚、
へりなどの角ばった特徴を感知

フリードリッヒ・メルケル
（ドイツ、1845〜1919年）

100〜300μm

マイスナー小体

軽い接触、遅い振動、表面の手触りを感知

ゲオルク・マイスナー
（ドイツ、1829〜1905年）

09 感覚のオールスターズ
TOUCHY FEELY

目に見える皮膚の表面は、実際には体を守って使い捨てにされる死んだ細胞であり、そのすぐ下には何百万もの感覚細胞がひしめいている。「触覚」というのはあまりに単純な言葉だ。接触のタイプによって、粗いのか滑らかなのか、湿っているのか乾いているのか、固いのか柔らかいのか、暖かいのか冷たいのかなど、さまざまな特徴の違いがわかる。これは6種類の主な感覚細胞から生じる大量の神経シグナルによるものだ。神経シグナルは全身の神経ネットワークを通って脳の表面の細長い触覚中枢（正式には体性感覚皮質）に到達し、そこで意識に知覚される。

1μm=0.001mm

100〜500μm
ルフィニ小体
順応が遅い。持続的な圧力と温度変化、特に熱を感知

アンジェロ・ルッフィーニ
（イタリア、1864〜1929年）

500〜1,200μm
パチニ小体
速い振動、強い圧力を感知

フィリッポ・パチーニ
（イタリア、1812〜1883年）

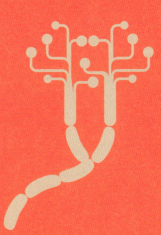

自由神経終末
さまざまな接触、温度変化、痛みを感知

▲名前の由来は？
皮膚の受容器は、顕微鏡を使ってそれらを確認し研究した19世紀の解剖学者や生物学者などの名にちなんで命名された。

第4章　感じる人体

10 | 体の動きが「わかる」理由
INNER SENSE

目を閉じているとき、あなたの手足は何をしているだろう？ 組んだり、折り曲げたり、伸ばしたり、曲がったり、動いたり、動かなかったりしているだろうか？ こうした、体の各部の位置や姿勢、動きがわかることを可能にしているのが深部感覚だ。めったに考えることのない感覚だが、それによって得られる秒刻みの情報は、日常生活に不可欠だ。
情報の入力を担うのは、さまざまな微小な感覚器や（物理的な力に反応する）機械受容器となる神経終末だ。機械受容器は器官や組織のあらゆる場所に位置しており、特に筋肉や腱、関節靱帯や関節包に多い。その中には皮膚のルフィニ小体やとパチニ小体と同じようなものもある（p.114を参照のこと）。
皮膚の触覚によるメッセージと同じように、これらの深部受容器は神経に沿って脳にシグナルを送り、そこで他の感覚情報と統合されて、体の各部の位置や動きとして認識される。

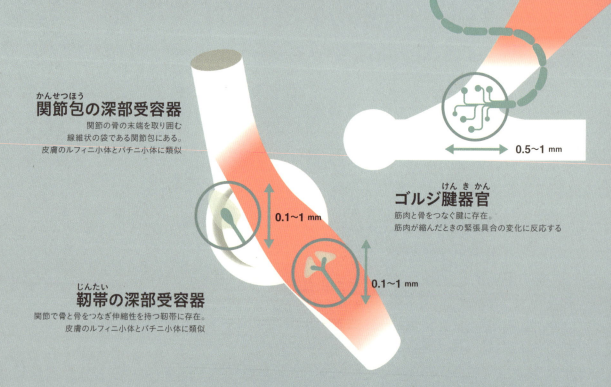

きんぼうすい
筋紡錘
筋肉の本体部または膨大部に数十〜数百個存在する。
筋肉の長さの変化に反応し、筋肉が縮んだときと伸びたときを感知する

かんせつほう
関節包の深部受容器
関節の骨の末端を取り囲む線維状の袋である関節包にある。
皮膚のルフィニ小体とパチニ小体に類似

けんきかん
ゴルジ腱器官
筋肉と骨をつなぐ腱に存在。
筋肉が縮んだときの緊張具合の変化に反応する

じんたい
靭帯の深部受容器
関節で骨と骨をつなぎ伸縮性を持つ靭帯に存在。
皮膚のルフィニ小体とパチニ小体に類似

あなたの深部感覚を試す2つのテスト

体内の感覚の大切さを知るために、次のテストをやってみよう。

注意点
・最初はあまり準備しすぎず考えすぎず、さっとやってみること。
・次に、腕と手の位置に集中して、もっとゆっくりやってみること。
・再トライでは、どうしたら深部感覚にもっと意識を集中できるか考えてみよう。

1. 両手と両腕を前にまっすぐ伸ばす。
2. 目を閉じる。
3. 左手の親指で鼻の頭にさわったら、他の指でも順番にさわること。
4. 同じことを右手でもやってみよう。

必要なもの

1. 机に座り、片手で1枚の紙を押さえる。
2. 目を閉じる。テストが終わるまで閉じていること。
3. 反対の手に持ったエンピツで紙にXの印を書く。
4. 紙を押さえる手とエンピツを持つ手を替える。
5. 最初のXにできるだけ近いところに2つ目のXを書く。
6. 目を開く。

第4章　感じる人体

11 | 全身から生まれる平衡感覚
Balancing act

平衡感覚は、謎めいた「第六感」のように言われることがある。実際には、平衡感覚はいくつもの感覚と関わっているし、主な感覚器のほとんどは、耳の奥の「前庭器」と呼ばれる内耳構造の中にある。
前庭器は内耳の前庭腔にある耳石器（卵形嚢、球形嚢）と、それに接する三半規管とで構成されている。
前庭器の平衡斑（へいこうはん）と膨大部という部位には有毛細胞があり、その微小な感覚毛が物理的に刺激されて神経シグナルを発すると、同じような神経線維を通って聴覚の蝸牛神経と合流する。しかし、平衡感覚はもっと幅広く、常に起きているものであり、目や皮膚、深部受容器から常に入ってくる情報と、目を動かす筋肉や脚を安定させる筋肉をコントロールするために絶え間なく出している指令を、互いに対応させている。

内耳
頭部が動くと耳の内部のリンパ液によって
三半規管のクプラと前庭腔の平衡斑の有毛細胞が刺激を受ける

目
水平と垂直を感知する

深部受容器
圧力と張力のセンサーがある主な場所

皮膚
手や腕で押したときの圧力や傾いたときの足の裏への圧力を感じる

耳
入ってくる音と反射した音を感知する

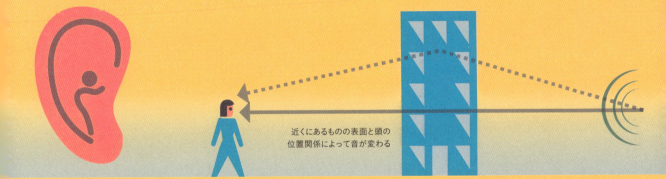

第4章　感じる人体

12 感覚のコントロールセンター
MAKING SENSE

主な感覚による神経シグナルは、脳の外側の薄い層（皮質）にあるそれぞれの領域に送られる。
しかし、これらの神経シグナルとそこに含まれている情報は、
途中で処理や解読、分析、共有といった多くの段階を通ることになる。
いったん皮質に到達すると、情報は記憶や認識、記名、連想、感情、意思決定、反応のため、
他の感覚中枢に同じように分配され調整される。子どもの頃からよく嗅いだことのある香りによって情景や音、味、感情、
さらには大昔の場面までが完全に再現されたりするのはそのためだ。
松林や海辺の水しぶき、テーマパークで食べたスイーツ、赤ちゃんが吐き戻したミルク……
どんなものがあなたの記憶を刺激するだろう。

さまざまな脳葉（のうよう）とそれぞれの機能
脳の大半を占める大脳半球にある「脳葉」は、古代から存在が知られていた。
脳葉は脳溝と呼ばれる深い溝によって分けられている。

前頭葉
・意識的思考　・自己意識
・意思決定　・人格　・記憶
・嗅覚と発話の一部
・動作の計画とコントロール

中心溝
前頭葉と頭頂葉を分離する

頭頂葉
・感覚情報の調整
・視覚空間の一部　・触覚のさまざまな側面
・味覚　・発話の一部　・深部感覚

外側溝（がいそくこう）
前頭葉と頭頂葉を側頭葉と分離する

辺縁系
・感情　・記憶　・経験

頭頂後頭溝（とうちょうこうとうこう）
頭頂葉と後頭葉を分離する

後頭葉
・視覚とそれに関連する特徴
・感覚の調整　・記憶

側頭葉
・聴覚　・嗅覚と視覚の一部
・感覚情報の調整　・発話
・言語　・短期記憶と長期記憶

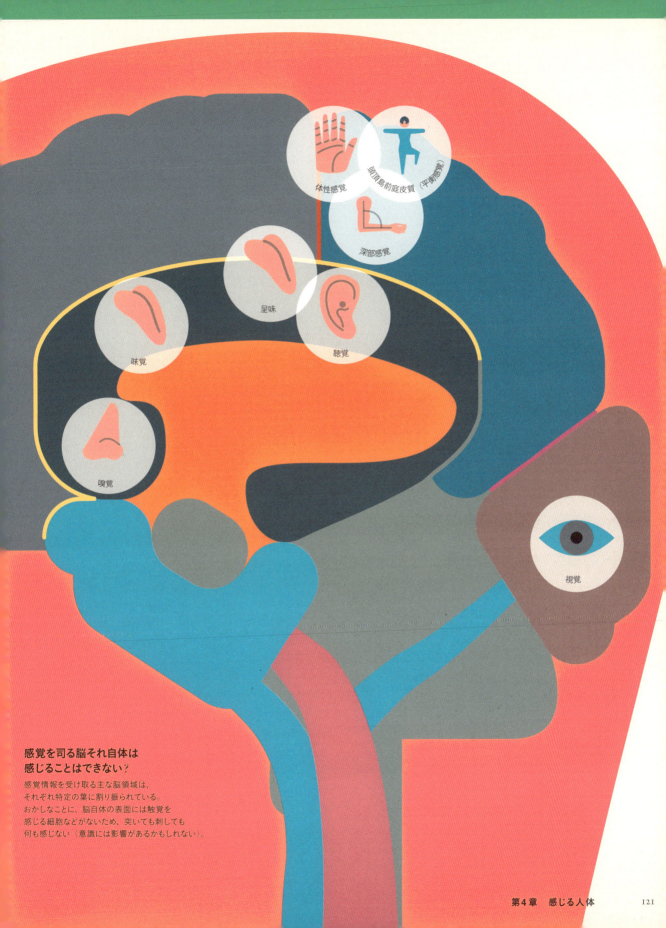

**感覚を司る脳それ自体は
感じることはできない？**

感覚情報を受け取る主な脳領域は、
それぞれ特定の葉に割り振られている。
おかしなことに、脳自体の表面には触覚を
感じる細胞などがないため、突いても刺しても
何も感じない（意識には影響があるかもしれない）。

13 感覚をマッピングしてみたら
TOUCH MAP

脳の両側にある
体性感覚皮質（触覚中枢）は
細長い体の地図となっている。
唇や指先のような敏感な部位ほど
皮質に占める面積は大きい。

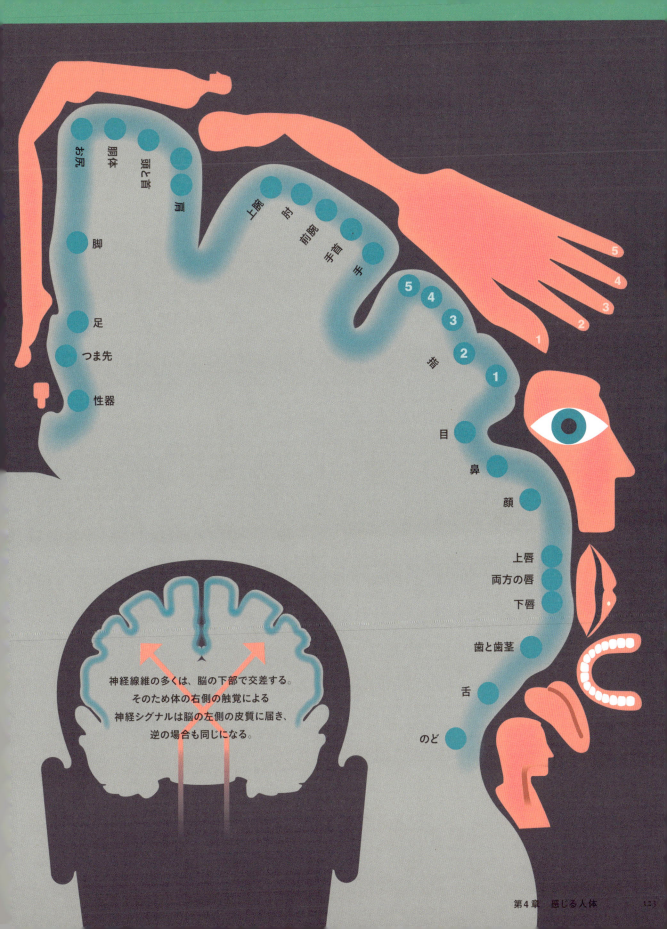

第5章
ひとつになる人体
COORDINATED BODY

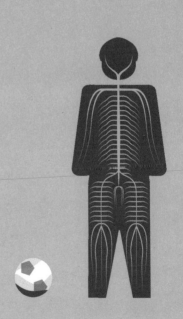

顔面神経
脳神経
横隔神経

脳

脊髄

01 人体をまとめ上げる 神経系の全貌
FEELING NERVOUS

人体の数十兆の細胞、数百の組織、数十の器官は調和のとれた1つの体として共に働いている……でも、どうやって？ それは、全身に及ぶ2つの系、すなわち協調し、制御し、指令するシステムである神経系と内分泌系だ。神経系は、体中に張りめぐらされた神経に沿って駆けめぐるわずかな電気シグナルによって主に作用し、内分泌系はホルモンという化学物質を基本に作用する。
その両方の系の中心となっているのが脳である。

けい
頸神経
わんしんけいそう
腕神経叢

とうこつ
橈骨神経
せいちゅう
正中神経
しゃっこつ
尺骨神経

胸部神経
よう
腰神経

神経マップ

神経は脳または脊髄から出て何度も枝分かれしながら体のあらゆる部分に接続し、最後は顕微鏡でしか見えないほど細くなる。

- 仙骨神経
- 臀部神経
- 陰部神経
- 坐骨神経
- 大腿神経
- 総腓骨神経
- 浅／深腓骨神経
- 脛骨神経

第5章　ひとつになる人体　127

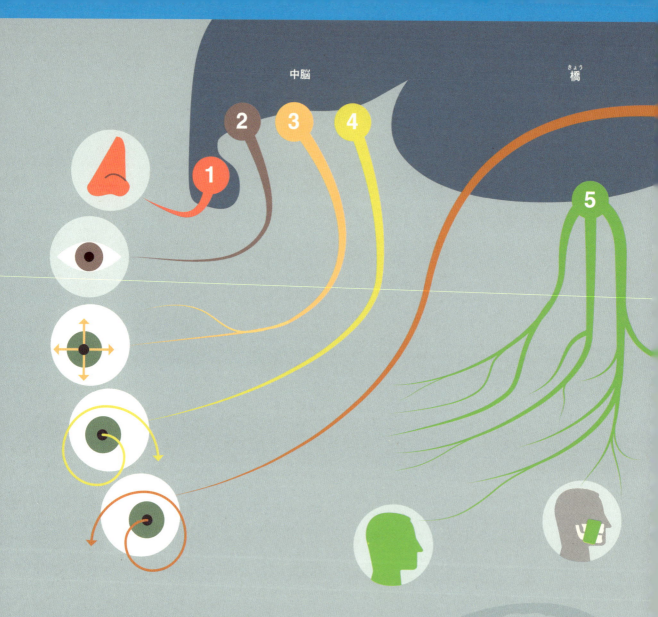

02 頭は神経の プラットホーム
HEADFUL OF NERVES

脳と脊髄から体に向けて分岐していく神経は、左右43対ある。脳から直接出ている12対は脳神経、脊髄から出る他の31対は脊髄神経と呼ばれている。脳神経は主な感覚器からの情報を脳へ運び、脳からのシグナルを顔や頭、首の筋肉へ運ぶが、そのうちの1対は心臓や肺、胃まで届いている。

運動神経：脳から筋肉へシグナルを伝える ▼
感覚神経：感覚器からのシグナルを脳に伝える △

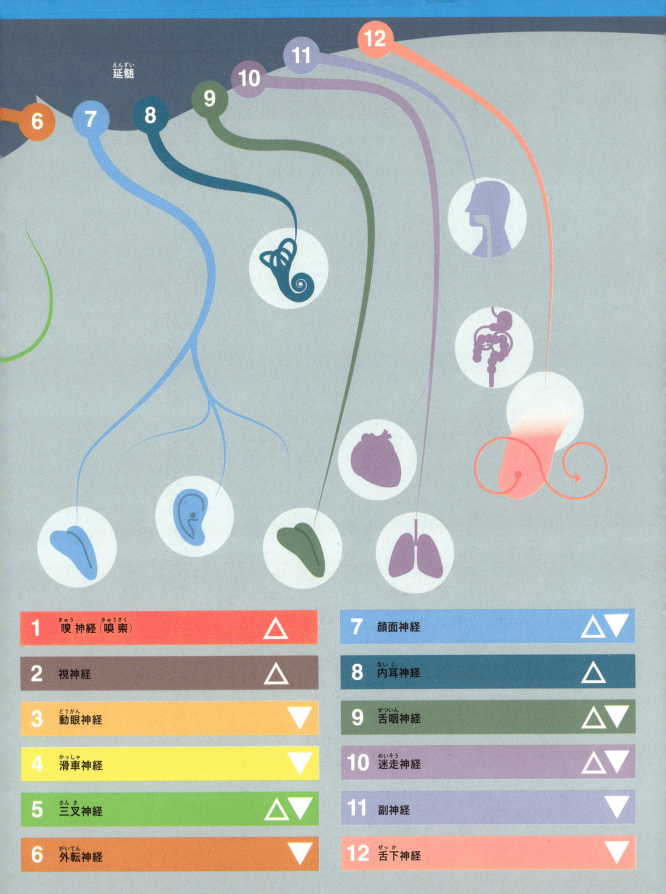

03 神経シグナルの バトンタッチ
MIND THE GAP

体中の神経は、どれも同じ情報伝達システムを使っている。主に使われるのは電気的シグナルだが、神経細胞間の接合部位であるシナプスでは化学的シグナルに変換され、それが次の細胞で再び電気的シグナルを引き起こす。1つの神経のシグナル（メッセージ）は、ほんの短い間だけ持続する小さな電気パルスで、これは体内のどんな神経でも、どんな時でも、どこでも同じだ。運ばれる情報は、次のパルスがどのくらい速く来るのか、どこから来たのか、どこへ行くのかによって変化する。

1 入力
神経細胞の樹状突起が神経シグナルを受け取る。
樹状突起の大きさ
0.1〜5 μm

2 シグナル
活動電位ともいう。細胞膜を通過する帯電した原子（イオン）によって生じる。

0.1ボルト
0.001秒

3 統合
他の多くの相互作用を強化するシグナルもあれば、それらを打ち消すシグナルもある。神経細胞（ニューロン）は、1秒当たり数百万回のシグナルを受け取る。
神経細胞の大きさ
体サイズ5〜50 μm

4 出力
統合されたシグナルは軸索（神経線維）に沿って細胞体を出る。
軸索の直径
0.2〜20 μm

一部の神経細胞は
10,000個
以上の樹状突起を持ち、その長さは合計数cmに達する。

5 伝導速度が速まる

脂質でできたミエリン鞘が多くの軸索を覆っており、そのためシグナルが軸索に沿って「跳躍」する速度が上がる。ミエリン鞘はシグナルが弱まるのを防ぎ、漏れを少なくする。

6 接合部位では

神経細胞間の接合部位はシナプスと呼ばれる。軸索の末端は、次の神経細胞と完全には接触していない。

平均的なシナプス間隙
0.02 μm

8 さらにその先へ

別の神経細胞の樹状突起または細胞体がシグナルを受け取る。神経伝達物質は新たな電気シグナルを引き起こす。シグナルはシナプスから離れて移動する。

0.001秒
横断にかかる時間

7 化学物質の横断

神経伝達物質と呼ばれる化学物質がシグナルを運ぶ。それぞれのシグナルには、数千から数百万個の神経伝達物質が含まれる。

最長の軸索の長さは約1m（つま先から脊髄まで）

1 μm（マイクロメートル）＝0.001 mm＝0.000,001 m（1 mの100万分の1）

第5章　ひとつになる人体

04 脳と体をリンクさせるもの
THE VITAL LINK

長くて細い地下鉄のように見える脊髄は、脳と体の首から下の部分をつないでいる。脊髄から分かれ、背骨（椎骨）の間から伸びる脊髄神経は31対ある。すべての脊髄神経は、皮膚や体内の器官からの感覚情報を脳へと運び、脳からの運動シグナルを筋肉へと運んでいる。

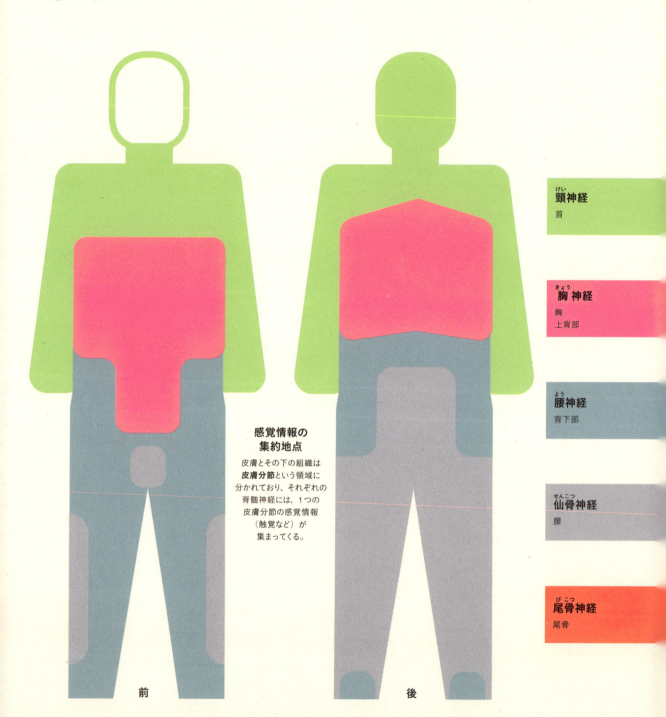

頸神経
首

胸神経
胸
上背部

腰神経
背下部

仙骨神経
腰

尾骨神経
尾骨

感覚情報の集約地点
皮膚とその下の組織は**皮膚分節**という領域に分かれており、それぞれの脊髄神経には、1つの皮膚分節の感覚情報（触覚など）が集まってくる。

前　　後

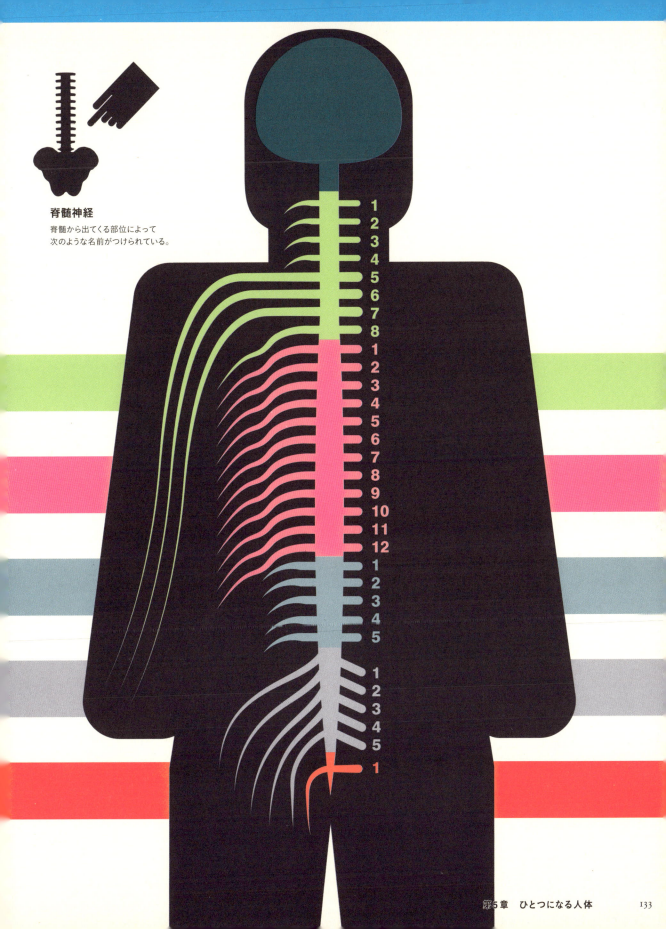

05 | それは反射？ それとも反応？
REFLEXES AND REACTIONS

脳は、この本を読んだり超音速ジェット機を飛ばしたりといった、特に重要な仕事に集中しなければならないことが多い。邪魔をしないよう、体の多くのパーツは反射と呼ばれる無意識の活動によって自分の面倒をみている。何かに触ったという刺激に反応する場合でも、神経シグナルは脊髄に届くと「近道」をしてまっすぐに筋肉へ戻り、必要な動きを引き起こす。意識する必要があると脳が気づくのはその後だ。目的のあるすばやい動きは反応と呼ばれ、脳が意識的に状況を察知し、とっさに考えて迅速な対応を命じたものを指す。

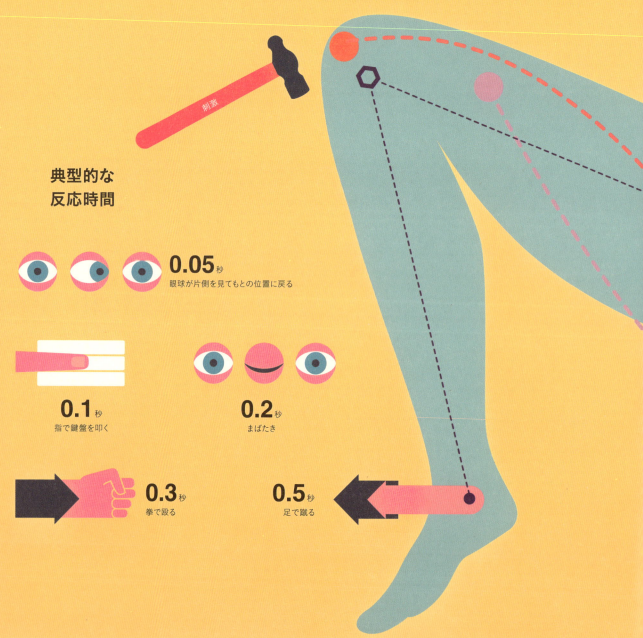

典型的な反応時間

0.05秒 眼球が片側を見てもとの位置に戻る

0.1秒 指で鍵盤を叩く

0.2秒 まばたき

0.3秒 拳で殴る

0.5秒 足で蹴る

刺激

反射はどうやって起きるのか

体は突然の動きや慣れない感触、痛みのような刺激を感じると、すぐに行動を命じる。神経シグナルは脳にも届き、潜在意識のフィルターにかけられて、意識するべき重要なことかどうか判断される。

- - - - 感覚神経
- - - - 中継をする介在神経
- - - - 運動神経
- - - - 脊髄への中継

仲間外れを見つけよう

3つの絵から仲間外れの図を見つける時間　0.7 秒

6つの絵から仲間外れの絵を見つける時間　1 秒

第5章　ひとつになる人体

交感神経による「異常事態宣言」

体は自律神経系の交感神経によって、活動やエネルギー消費だけでなく、内分泌系と連動した「闘争・逃走」と呼ばれる自己防衛反応に備えている。交感神経のコントロールは、主に迷走神経と脊髄に沿った交感神経節鎖（交感神経幹）が行っている。

- 血中のグルコース（血糖）
  エネルギーとしてより多く利用できる
- 瞳孔　拡大
- 消化活動　抑制
- 血圧　上昇
- 心拍数　速くなる
- 呼吸　速くなる
- 筋肉　緊張する。さらに血液を送り込む準備が行われる

脳

頸けい髄ずい　胸きょう髄ずい　腰よう髄ずい

副交感神経による「通常業務」

自律神経系の副交感神経は毎日の「維持管理」を行っており、そのほとんどが脳から脊髄を通って送られてきた指令に支配されている。副交感神経は、通常、交感神経と反対の働きをするが、日々の生活では、この2つの神経系が常にバランスを取りながら作用している。

- 血中のグルコース（血糖）
  エネルギーとして利用できる通常の量
- 瞳孔　収縮
- 消化活動　適度
- 血圧　標準
- 心拍数　正常
- 呼吸　安定
- 筋肉　リラックス

136

皮膚
血液が他に回されるため青白くなる

膀胱の活動
減少

神経節

皮膚
通常の血液供給

膀胱の活動
正常

仙せん髄ずい

06 | 勝手に働く自律神経
RUNNING ON AUTO

人間の脳は実に驚異的だが、すべてを意識レベルで経験し、情報を処理するには能力の限界がある。そのため、脳は消化や心臓の鼓動、呼吸、老廃物の回収といった体内の仕事の大半を放り出し、自律神経系の助けを借りて自動的に動くようにした。自律神経系は末梢神経系の一部であり、体内で起きているあれこれを自動的にまとめ上げ、何かがうまく行かないときだけ頭が感じ取れるレベルの警報を出す。

第5章　ひとつになる人体　　137

07 人体のマスタースイッチ
THE MASTER SWITCH

人体をまとめ上げる2つ目のシステムである内分泌系は、脳や神経と協力して働いている。内分泌系の基本は、内分泌腺という部位で作られた天然の化学物質だ。神経系と内分泌系をまとめ上げているのが、脳の前部の下側にあるブドウくらいの大きさの視床下部と、その下にぶら下がるエンドウ豆のような下垂体だ。いわば、人体という会社の「専務」と「社長」にあたる。どちらもおいしい食べ物のような見た目をしているが、その役割は大きい。

視床下部
他の多くの脳領域と神経で直接つながっている。何をすべきかを伝える視床下部ホルモンを下垂体に放出する一方で、下垂体からフィードバックを受け取る。その機能の源となっているのが、視床下部核という神経組織の集団だ。

下垂体
視床下部と松果体の支配を受けている。他の多くの腺やプロセスを制御するホルモンを作ったり放出したりしている（右ページ参照）。また、視床下部にフィードバックを送っている。

前方

後方

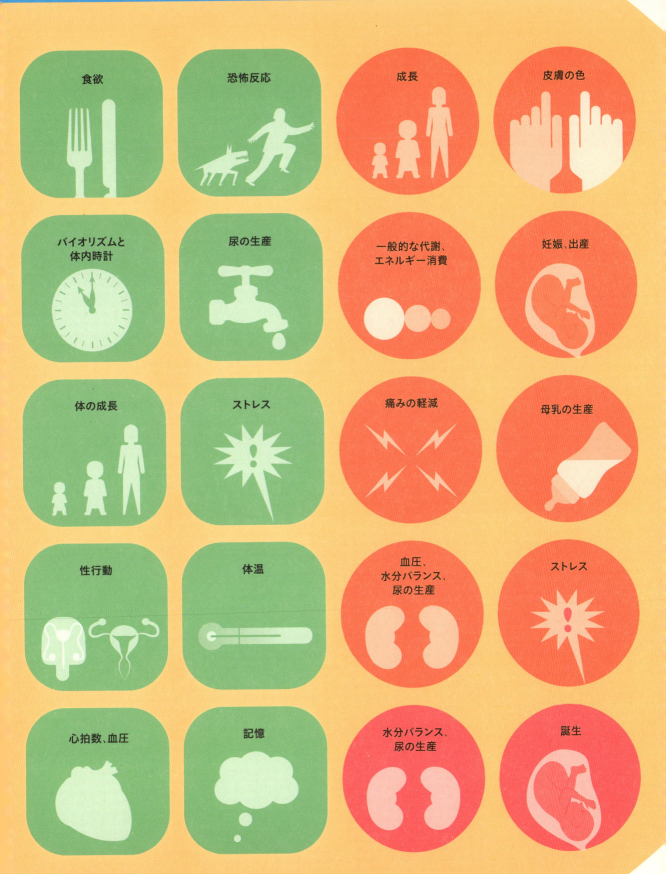

08 人体をコントロールする化学物質たち
CHEMICALS IN CONTROL

血液の仕事は、栄養素を運んで分配することだけではない。
血液は、ホルモンを全身に広げる高速道路のように大規模なネットワークとしても機能する。
血液によって運ばれる小さな化学物質であるホルモンは、特定の内分泌腺から放出され、
体のすみずみに届けられるが、標的となっている特定の組織や器官にしか作用しない。

下垂体
内分泌系の「最上位の腺」

生産物
10種類以上のホルモンとホルモン様物質
（前項目を参照のこと）

標的
ほとんどの部位
（細胞から大きな器官まで）

大きさ
15×10 mm

松果体
睡眠・覚醒パターン、バイオリズムの調節

生産物
メラトニン

標的
ほとんどの部位、特に脳

大きさ
9×6 mm

甲状腺
①代謝と体内のプロセスの速度の調節、
②血中カルシウム濃度の制御（カルシトニン）

生産物
①チロキシン／トリヨードサイロニン、②カルシトニン

標的
体内のほとんどの細胞

大きさ
100×30 mm

副甲状腺
血中カルシウム濃度の制御

生産物
パラトルモン

標的
体のほとんどの細胞

大きさ
6×4 mm

膵臓
血糖値の制御（次項目09を参照のこと）
生産物
①インスリン、②グルカゴン
標的
体のほとんどの細胞
大きさ
13×4 mm

胃
胃酸などの消化液の放出
生産物
①ガストリン、②コレシストキニン、③セクレチン
標的
①胃、②膵臓、③胆嚢
大きさ
30 × 15 cm

副腎1：外側（皮質）
①水分量とミネラル濃度を制御、②ストレス反応、③性的発育と性行動
生産物
①アルドステロン、②コルチゾール、③性ホルモン
標的
①腎臓と腸、②体のほとんどの部位、③生殖器
大きさ
副腎全体で5×3 cm

副腎2：内側（髄質）
体を行動に備えさせる（闘争・逃走・動転）
生産物
アドレナリンと同様のホルモン
標的
体のほとんどの部位
大きさ
副腎全体で5×3 cm

腎臓
①水分とミネラルのバランス／血圧、②赤血球の生産
生産物
①レニン（酵素）、②エリスロポエチン
標的
①腎臓と血液循環、②骨髄
大きさ
12×6 cm

胸腺
白血球を刺激し病気と闘わせる
生産物
サイモシンと同様のホルモン
標的
白血球
大きさ
幼児期は5×5 cm、大人は小さくなる

第5章　ひとつになる人体

09 | 拮抗するホルモン
IN THE LOOP

ホルモンは、慎重にコントロールする必要がある。体内を循環している量は
とても少なく、1gの数分の1ということも多いが、その作用は強力だ。
多くのホルモンには「押しつ押されつ」のシステムがあり、あるホルモンが
標的の活動レベルを高めたり作用のスピードを速めたりする一方で、
別のホルモン——その拮抗物質（アンタゴニスト）——は反対の作用を示す。
ここでは、体のすべての細胞が生き続けて自分の仕事をするのに必要な
エネルギー源となる血糖とその濃度（血糖値）が、膵臓の2種類のホルモンである
グルカゴンとインスリンによって一定のレベルに保たれている様子を示した。

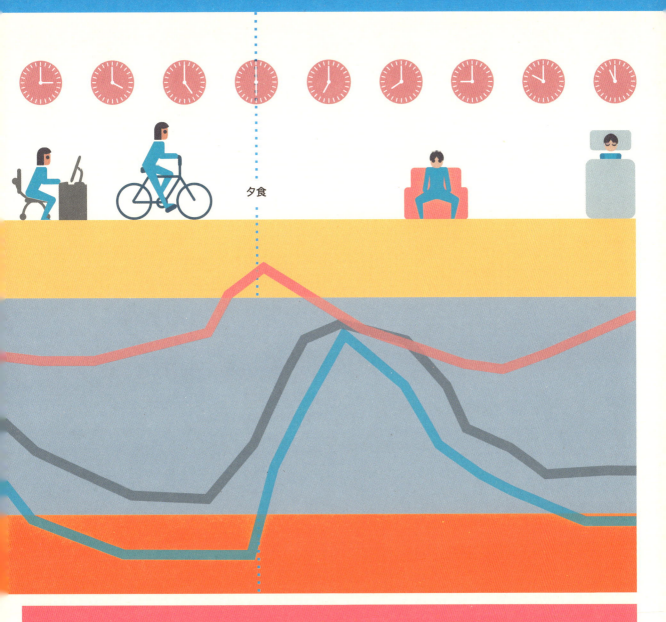

夕食

グルカゴン	**供給源**：膵臓のランゲルハンス島にあるα細胞。 **機能**：肝臓にグリコーゲン（動物デンプン）をグルコースに変えるよう命令して、**血糖値を上げる**。 **濃度**：グルカゴン濃度は他の物質の濃度が上がると低下するが、少なくとも1〜2時間の時間差がある。
血糖	**供給源**：特に砂糖とデンプン（炭水化物）が多い食べ物と飲み物。 **機能**：あらゆる細胞の代謝プロセスにエネルギーを供給する。 **濃度**：食事（特に高炭水化物食）をとった後に上昇し、活動や運動によって低下する。
インスリン	**供給源**：膵臓のランゲルハンス島のβ細胞。 **機能**：細胞によるグルコースの取り込みと、肝臓でのグルコースからグリコーゲンへの転換を促すことで**血糖値を低下させる**。 **濃度**：インスリンは血糖値を追って数分後に低下する。

第5章　ひとつになる人体

10 安定を維持する連携プレー
GOING STEADY

水分とミネラルのバランスは、健康にとってきわめて重要だ。食べたり、飲んだり、息をしたり、汗をかいたり、運動したり、その他もろもろの活動をしている間に、体のバランスは崩れてしまいやすい。そこで必要になるのがこの機能だ。体のいくつかの部位とホルモンが協力してバランスの乱れを防ぎ、現状を維持している。

視床下部
血液中の水分量とミネラルの濃度を感知し、ADH（抗利尿ホルモン、バソプレッシンともいう）などのホルモンを生産する

下垂体
ADHなどのホルモンを生産し、貯蔵し、放出する

腎臓
レニンを生産する。血液から老廃物をろ過する。ネフロンという100万個近いマイクロサイズのフィルターを持つ。

まだろ過されていない血液がネフロンの中にある毛細血管の塊を通過する

老廃物、水、ミネラルがろ過されて尿細管に入る

ホルモンが水分・ミネラルの再吸収を指示
ホルモン（ADH、アルドステロン、ANP）によるコントロールを受け、体のニーズに応じて一部の水分とミネラルが血液中に再吸収される

尿が膀胱に排出される

低血圧になったら……
血中の水分量が減り、血圧が下がった場合

脳の**下垂体**は**ADH**（抗利尿ホルモンまたはバソプレッシン）を放出する

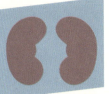

腎臓から放出される**レニン**は、肝臓からきたAT I（アンギオテンシン I）をAT II に変換する。

血圧が上がった！

ADHの指示で、**腎臓**は尿からさらに水分を取り除いて血液に戻す。

血管が細く、血液中の水分が多い

AT II は血管を細くして血圧を上げ、副腎を刺激してアルドステロンを放出させる。

ADHは血管を細くして血圧を上げる作用もある。

アルドステロンの指示で、**腎臓**は尿からさらに多くの水を取り除いて血液に戻す

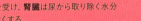

指示を受け、**腎臓**は尿から取り除く水分を少なくする

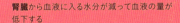

腎臓から血液に入る水分が減って血液の量が低下する

心房（心臓の上半分にある部屋）で作られる**ANP**（心房性ナトリウム利尿ペプチド）が放出される

血圧が下がった！

高血圧になったら……
血中の水分量が増えて血管が狭くなったとき

第5章　ひとつになる人体

第6章
考える人体
THINKING BODY

01 脳を数字で測ってみると……?
BRAIN BY NUMBERS

脳の大きさは人それぞれだが（ここでは平均値を示している）、全体的なサイズと頭のよさが比例することはない。脳は一見静かで活動していないように見えるが、神経の電気的、化学的な活動でつねにざわめいているため、基本的には全身で最もエネルギーに飢えた器官であると言えるだろう。

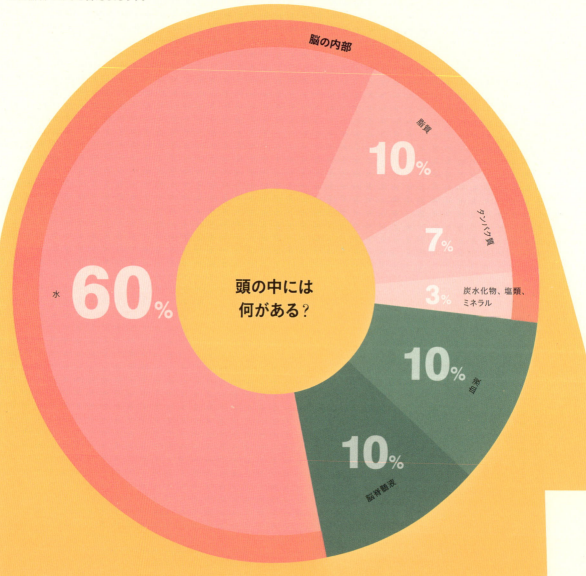

脳の内部
脂質 10%
タンパク質 7%
炭水化物、塩類、ミネラル 3%
血液 10%
脳脊髄液 10%
水 60%
頭の中には何がある？

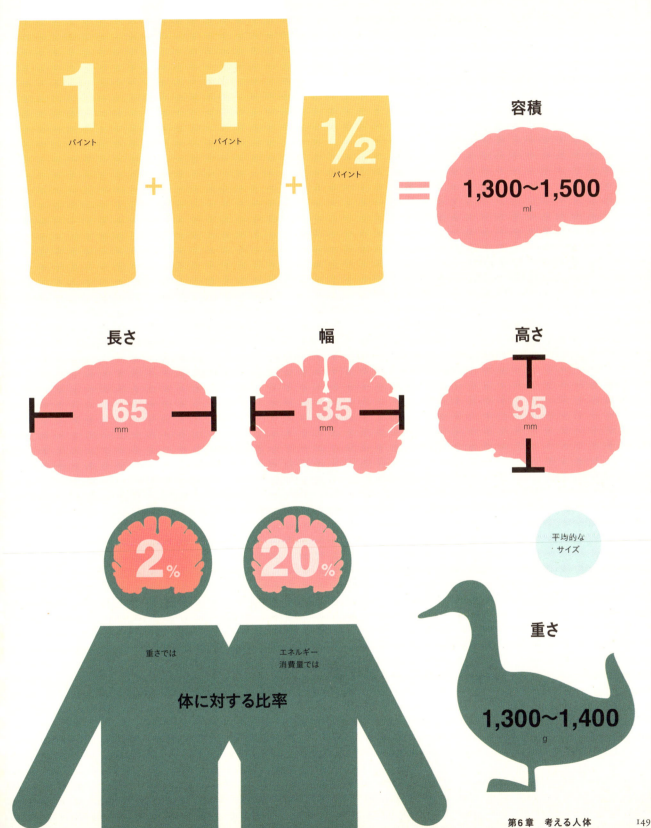

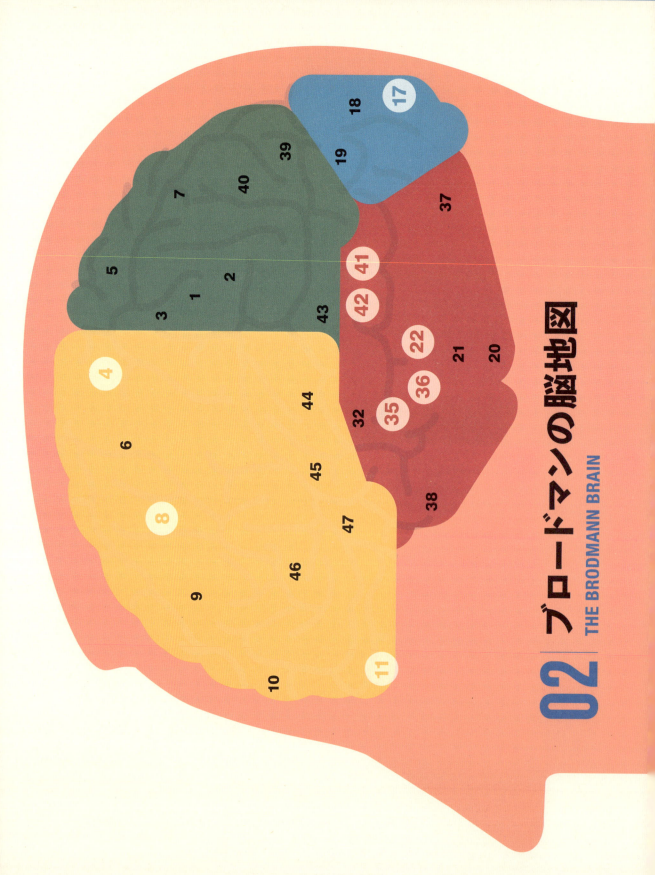

皮質（脳の表面のしわがある部分）をよくよく観察してみると、顕微鏡でしか見えない神経細胞にはさまざまなものがあり、形や数、大きさ、6層構造が異なるパッチワーク状の領域を形成している。こうした区分はブロードマン領野と呼ばれ、それぞれに番号と役割が割り振られている。この図には、主な領野とその機能を示した。

4 運動
一次運動野 筋肉に収縮を命じて運動を行う。

8 意思決定
前頭前野 疑い、意思決定、不安定さに関係する領域の1つ。

11 報酬
前頭前野 意思決定、報酬の評価、推論、長期記憶を担う部位の1つ。

17 視覚
一次視覚野 目からの視覚情報が主に向かう領域。

22 言語
言葉の理解 ウェルニッケ野（左脳）。右脳の対応部位は曖昧な言葉の理解を担う。

35, 36 視覚と記憶
側頭葉 見たものを認識し、意味を持たせることができる。

41, 42 聴覚
一次聴覚野 音に関する2耳から来た情報が主に向かう領域。

第6章 考える人体

約 **100,000**本

2〜3mm

0.5〜1mm

4〜6mm

2〜8mm

数字はすべて厚さを示している。

大脳皮質

03 | 脳のガードはこんなに固い
ALL WRAPPED UP

脳は体の最も貴重なパーツであり、周囲を囲む何枚もの膜によって厳重に守られている。それらの膜が互いに精巧に組み合わされることで、強さと安全性、クッション性、柔軟性が生じるのだ。主な3層は硬膜、クモ膜、軟膜で、それらをまとめて髄膜と呼ぶ。もちろん、外側にさらに安全帽などを追加するのも悪くない……

硬膜下隙(こうまくかげき)
硬膜は普通ならクモ膜とくっついていて、問題（病気やケガ）が起きたときだけ離れる「潜在的な隙間」となっている。

頭髪
主にケラチンでできている。それぞれの毛は3〜5年で生え変わる。

頭皮
主にコラーゲンやエラスチン、ケラチンというタンパク質でできていて、4週間で再生する。

骨膜
骨を覆う丈夫な骨の外側の「皮膚」。

頭蓋骨
頭蓋骨の脳を覆っている部分は8個の骨でできているが、それらの骨は縫合と呼ばれる一種の関節で固くくっついている。

髄膜の第1層：硬膜
硬膜はラテン語で「丈夫な母（dura mater）」という意味がある。この層は丈夫で強く、他の髄膜と脳を包み込んでいる。線維がびっしりと並んだ2層構造になっていて、血管と血液が流れ込むさまざまな隙間（静脈洞）を支えている。

0.1〜3mm

髄膜の第2層：クモ膜
ラテン語で「クモの母（arachnoid mater）」という意味がある。コラーゲンなどの結合組織と液体でできた穴だらけのクモの巣状になっている。柔らかい泡でできたクッションのように、頭がぶつかったときの衝撃を吸収する

0.1mm

クモ膜下腔
さらさらした脳脊髄液を含み、頭への衝撃を吸収するクッションとなっている。

0.3〜8mm

髄膜の第3層：軟膜
メッシュ状の線維のネットワークでできていて、ラテン語で「優しい母（pia mater）」という意味がある。皮質との接触を防ぐ最後の防御線で、脳の表面の輪郭通りにピッタリ張りついている。

第6章　考える人体

04 脳の断面図
CUTAWAY BRAIN

脳の見た目はあまり美しくない──灰色と白色のしわが寄った塊で、内側には曲がりくねった部分がいくつかあるだけだ。それでも、脳は体を動かすコントロールセンターで、化学物質を調整する最大のコーディネーターであり、精神的な面から見れば心の宿る場所であり、記憶の貯蔵庫であり感情の源であり、秒刻みの意識を司る拠点となっている。そんな脳を縦半分に切断したら、こんな個性豊かな面々がお目見えする。

大脳
上部にあるしわのよったドーム状の部位で2つの半球に分かれている。脳全体の容積の80%を占める
構成要素：ほとんどは白質、神経線維（軸索）
機能：大脳皮質と他の脳領域をつないでいる

脳梁（のうりょう）
左右の大脳半球をつなぐ長さ10cmの細長い器官
構成要素：2億本を超える神経線維
機能：体の両側に反対側が何をしているのかという情報を文字通り橋渡ししている。

中脳
脳全体の容積の10%を占める
構成要素：神経細胞と神経線維が混じり合っている
機能：主に自動的な生命維持に関わっている

視床（ししょう）
対になった卵形の塊で、長さは5～6cm
構成要素：核と呼ばれる数々の領域に分かれた神経細胞と神経線維
機能：大脳皮質と意識の「門番」

大脳皮質	大脳を覆う薄い灰色の層 **構成要素**：200億個の神経細胞（ニューロン） **機能**：意識やほとんどの思考プロセスを司る
脳幹	脳の最下部で、その下の脊髄につながっている **構成要素**：神経細胞と神経線維が混じり合っている **機能**：呼吸、鼓動（p.136とp.138を参照のこと）といった体の基本的なプロセスの中枢
橋（きょう）	上から下までの大きさは2〜3cm **構成要素**：主に神経線維 **機能**：脳の上部と下部をつなぐ
小脳	脳全体の容積の10%を占める **構成要素**：500億以上の神経線維 **機能**：運動とその調節（次の項目05を参照のこと）に関わっている

第6章　考える人体

運動前野と補足運動野が、
ある動きを開始するという意識的な
「最終決断」を下す。
神経シグナルが他の部位へ
送り出される。

一次運動野（運動の中枢）には
体の細長い地図があり、
体の各部位を正確に
動かすことができるよう、
それぞれ担当部位が割り振られている。

05 | 体よ、動け！
MAKE YOUR MOVE

体を動かすのはとても簡単なことに思える。脳が動かそうと思えば、その通りになる。しかし、そのプロセスには
いくつかの脳領域が関わっており、互いにシグナルを送りあっている。その中には、「運動野」と呼ばれる
脳表面の細長い領域や、後ろ側にある「小脳」、真ん中にある「視床」、脳の奥深くにある「大脳基底核」などが含まれる。
脳からの指令は神経に沿って旅をして筋肉を収縮させ、それに引っ張られてようやく骨が動く。
こうしてプロセスの全体を見てみると、体を動かすというのは言うほど単純なことではないということがわかるだろう。

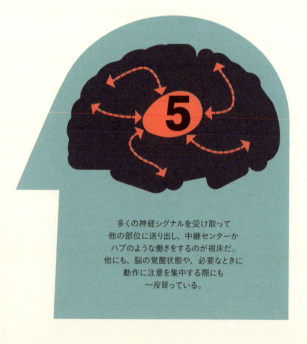

多くの神経シグナルを受け取って
他の部位に送り出し、中継センターか
ハブのような働きをするのが視床だ。
他にも、脳の覚醒状態や、必要なときに
動作に注意を集中する際にも
一役買っている。

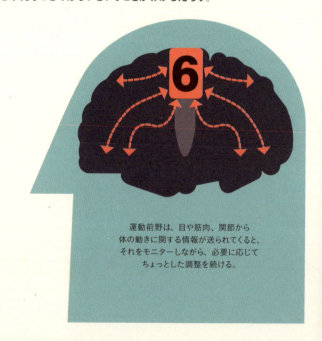

運動前野は、目や筋肉、関節から
体の動きに関する情報が送られてくると、
それをモニターしながら、必要に応じて
ちょっとした調整を続ける。

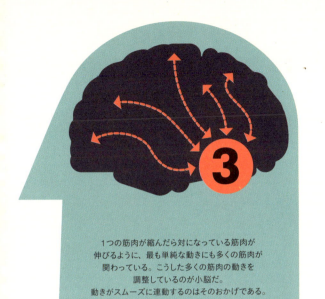

1つの筋肉が縮んだら対になっている筋肉が伸びるように、最も単純な動きにも多くの筋肉が関わっている。こうした多くの筋肉の動きを調整しているのが小脳だ。動きがスムーズに連動するのはそのおかげである。

その一方で、習慣的、日常的な動きの指令は学習され記憶されている。それに関わる筋肉をまとめて連動させるのを助けているのが大脳基底核だ。

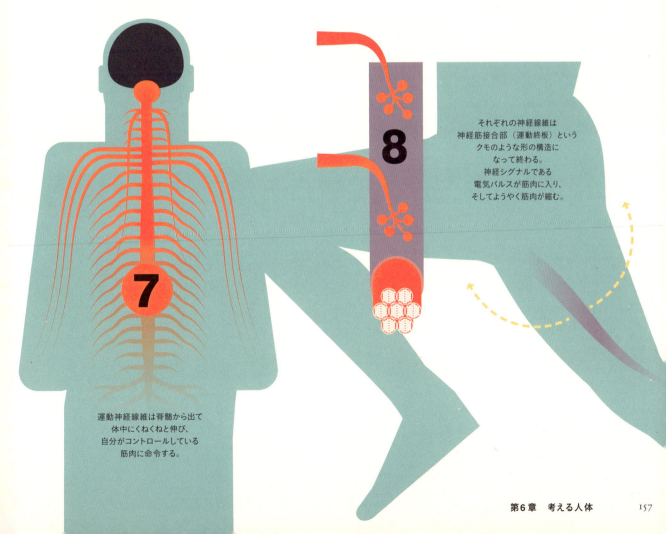

運動神経線維は脊髄から出て体中にくねくねと伸び、自分がコントロールしている筋肉に命令する。

それぞれの神経線維は神経筋接合部（運動終板）というクモのような形の構造になって終わる。神経シグナルである電気パルスが筋肉に入り、そしてようやく筋肉が縮む。

第6章　考える人体　157

06 左脳 vs. 右脳、左利き vs. 右利き
LEFT OR RIGHT?

脳の両側はほとんど同じに見える。しかし、右脳と左脳で働き方は異なるし、何をコントロールしているのかにも違いがある。そうした違いは、右利きと左利きの違いを生んだり、脳がさまざまなタスクのやり方を学習する方法の違いに表れたりする。また、脳の神経回路の「配線」が生まれつき違うということもある。こうした左右の脳の違いは一般に、脳機能の「側性化」と呼ばれているが、研究が進めば進むほど、こうした違いは以前に考えられていたものよりも複雑であることがわかってきている。

[訳注：日本は2月10日]
8月13日は左利きの日

利己的
「自分」を主とする左脳の機能同士で連携する傾向が強いため、自己中心的になりやすい。

おしゃべり
特に右利きの人の場合、左脳が言語やボキャブラリー、構文、文法を司る傾向がある。

ロジカル
左脳は数字を使った課題や計算、公式、論理、段階的推論、分類、定義、効率、科学、技術といった分析的で「ハードな」プロセスを受け持っているとされることが多い。

しかし、最近の研究では、以前に考えられていたほど明確ではないことがわかっている

人間のほとんどの集団では、平均すると**10人に1人が左利き**だとされる。左利きとは、特に器用さや繊細さが必要とされる行動をとるときに左手ばかり使うことを指す。しかし、この平均値は間違いで、実際は4人に1人から50人に1人まで集団によってさまざまだ。

芸術性や音楽性、創造性の高い人には左利きが多いという通説は数多くあるが、それを示す確かな証拠はほとんどない。

とはいえ、左利きの人は、利き手ではない手で何かをするのが右利きの人よりうまい場合が多いのは確かだ。

| 1 | 2 | 3 | 4 | 5 | 6 | 7 | 8 | 9 | 10 |

共有
右脳の機能同士だけでなく
左脳の機能とも連携する
傾向がある。

表現力豊か
右脳は音の聞き分け、
リズム、表現、
イントネーション、
強調された単語の
処理を司る傾向がある。

クリエイティブ
右脳は直観、感受性、
視覚化、芸術的・
音楽的創造性、空間的・
3次元的な現象、顔の認識、
自発性と柔軟性など、独創的で
「ソフト」なプロセスを
受け持っていると
されることが多い。

● **ブローカ野**

右利きの人の85〜90％、左利きの人の60〜70％は、
ブローカ野が左脳にある。「脳の脚本家」として
言語と大きく関わっており、発話を助け、
話す言葉を選んでまとめ、音や明瞭度を
モニターして調整を続けている。

● **ウェルニッケ野**

右利きの人の85〜90％、左利きの人の60〜70％は、
ウェルニッケ野が左脳にある。言語、特に発話と
書き言葉の理解に大きく関わっている。
聴覚野（聴覚の中枢）に近く、言葉や語句を
認識し、意味づけを行っている。

第6章　考える人体　159

07 | 脳を流れる液体
THE FLUID BRAIN

よく知られていることだが、脳はほとんどがぐにゃぐにゃしている。人体における最も重要な器官でありながら、その約75％が水分でできているのだ。それらの水分はたいてい細胞の中や細胞同士の間にある。
また脳とは別に、頭蓋骨の中にある他の器官もほとんどが水分を多量に含んでいる。主な液体は血液と、神経系だけに見られる脳脊髄液（CSF）という不思議な液体だ。
脳脊髄液は、脳室と呼ばれるいくつかの部屋をゆっくりと循環している。そう、脳は中が空洞なのだ！

脳脊髄液　　血液

脳内にいつも存在している量（㎖）
150 ㎖　　120 ㎖

脳脊髄液は、脳を物理的に保護するクッションとなる、老廃物を除去する、脳の血圧調整を助ける、一部の栄養素を供給するといった役割を持つ。

どこから供給される？：脳室の内壁を覆う脈絡叢から

その後：クモ膜下腔で静脈に吸収される。

血液は酸素、エネルギー（グルコース）、栄養素、ミネラルを送り届ける、老廃物を除去する、体温を伝える、感染症と闘うといった役割を持つ。

どこから供給される？：心臓の左心室から。内頸動脈（80％）と椎骨動脈を通ってくる。

その後：頸静脈を通って心臓の右心室へ戻る。

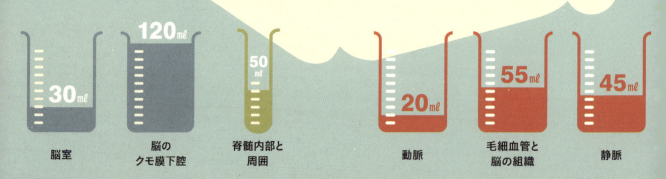

脳室 30㎖ ／ 脳のクモ膜下腔 120㎖ ／ 脊髄内部と周囲 50㎖ ／ 動脈 20㎖ ／ 毛細血管と脳の組織 55㎖ ／ 静脈 45㎖

有害な血液から脳を守る「3つのB」

脳には、血液の中に数多く含まれる細菌や有毒な化学物質から自分を守るための特別な機能が備わっている。それが血液脳関門（blood-brain barrier）、つまり3つのBだ。そのメカニズムは、脳の毛細血管と体の他の部位にある普通の毛細血管に、以下のような3つの違いがあることによって成り立っている。

1 毛細血管壁を作っている細胞の間
- 脳の中：隙間がない
- 体の他の部位：隙間あり

2 毛細血管壁の基底膜
- 脳の中：つながっている
- 体の他の部位：隙間あり

3 毛細血管のまわりの保護細胞
- 脳の中：アストロサイト
- 体の他の部位：特になし

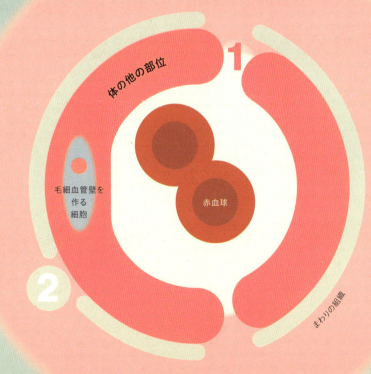

第6章　考える人体

08 | 脳の隙間を埋めるもの
IN-HEAD INTERNET

脳には重要な微小構造である神経細胞（ニューロン）が1000億個以上存在する。ほとんどは後部下側の小脳にあり、大脳皮質には数百億個ある。しかし、神経細胞だけが脳の細胞ではない。とても繊細で特殊な神経細胞を助け、支えとなっているのが、グリア（意味は「接着剤」）細胞だ。グリア細胞の数は神経細胞の数十倍も多く、ものをただくっつけているのではなく、もっとたくさんの仕事をしている。グリア細胞の中には以下に紹介するようにアストロサイト、オリゴデンドロサイト、ミクログリアなどがある。

アストロサイト
神経細胞の隙間を埋めて物理的に支え、エネルギーや栄養素を供給している。シナプスの維持とその機能に関わり、血液脳関門を補助し、神経細胞と他のグリア細胞を修復するといったニーズにも応えている。

オリゴデンドロサイト
軸索を覆う脂質でできたミエリン鞘を作ることで（p.131を参照のこと）神経細胞を構造的に支え、栄養素を供給する。

2500億

ミクログリア
特殊な「住み込みのディフェンダー」。白血球のように侵略者やダメになった脳細胞など、望ましくないものを探して排除する。

スピーディ！
ミクログリアは、脳の中では最も動きの速い細胞で（血液のような流れに運ばれているものは除く）、1時間あたり0.1mmを突っ走る。といっても、この速度だと1cm移動するのに4日かかる。この細胞から出る樹状突起の方が、2倍も速く伸び縮みする。

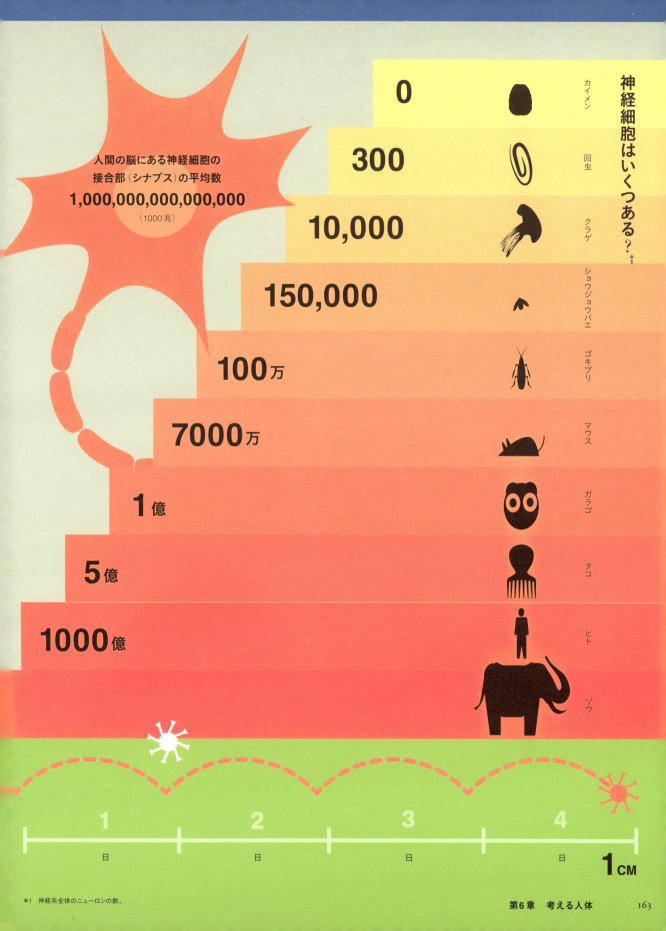

09 脳と体の中継地点
THE UNDERBRAIN

大きくてしわのあるドーム状の右脳と左脳の下、小脳の前に当たる場所には、中脳や脳幹といったあまりなじみのない部位がある。これらの器官は、常に働き続けて体内の自動的なシステムをスムーズに動かし、脳の高次な意識中枢と体の他の部分との間で情報を中継している。

赤核（せきかく）
歩いたり走ったりするときに腕を振るといった、無意識の動きに関わる。

黒質（こくしつ）（「黒い物質」の意）
中脳の一部。運動の計画と実行、頭と眼球運動の調整、
快楽と報酬の追求、嗜癖（しへき）行動に関わる。

中脳蓋（ちゅうのうがい）（「天井」の意）
中脳のこの部分は、視覚と聴覚の情報の処理と眼球運動に関わる。

橋（きょう）
脳の上部と下部をつなぐ部位で、呼吸、嚥下（えんげ）や排尿といった基本的な反射、
視覚などの主要な感覚、顔の動き、睡眠、夢などのさまざまなプロセスに関わる。

小脳
運動、バランス、筋肉の動きの協調などの中枢。

延髄（えんずい）（「中心」の意）
その下の脊髄と合流し、心拍数、呼吸数、血圧、消化活動、くしゃみ、咳、嚥下、嘔吐といった
多くの自動的（自律的または不随意的）なプロセスや動作、反射に関わる。

第6章　考える人体

10 | 「頭が重い」のは誰?
BIG HEADED

最大の脳をもつのは誰?

一般に、大きい生き物は頭が大きい。しかし、少なくとも人間が使っている知能の測り方では、頭が大きい生き物ほど頭がいいとは限らない。マッコウクジラはチェスをすることも太陽系の惑星を覚えることもできない(その一方で、人間は水深1kmの海中でダイオウイカを捕まえることはできない)。

ディプロドクス[訳注:大型草食性恐竜] 1:100,000

ゾウ 1:550

15g ウサギ
60g カンガルー
120g オオカミ
700g キリン
1,400g ヒト
5,000g ゾウ

ウマ 1:600

ネコ 1:100

（体の大きさに対する比率が）最大の脳をもつのは誰？

脳の大きさと体の大きさを比べた数字の方が、知能との関係はありそうだ。脳の比率が大きい動物は、計画や問題の解決、新たな状況に適応する行動といった特徴を示す。そこで、脳の重さと体重との比率も示してみた。

イルカ 1:100

サメ 1:2,500

スズメ 1:15

ツパイ 1:10

ヒト 1:40

7,500g
マッコウクジラ

アリ 1:7

第6章　考える人体

11 | めくるめく共感覚の世界
SENSES CROSS-OVER

ふだん、脳は主な感覚を別々に処理している。しかし、感覚が混じり合ったり結びついたりすることがある。これは、短い間なら誰にでも起こることであり、例えばある音を聞くと口の中にある味を感じたり、あるにおいを嗅ぐと遠い昔に見た情景の記憶が呼び覚まされたりする。この感覚の融合がもっとありふれたものであるとき、それは共感覚と呼ばれる。（黒で印刷されていても）言葉に色を感じたり、形に味を感じたり、ある種の感触で音を感じたりする。

色、音楽、におい……
共感覚の主な組み合わせ[*1]

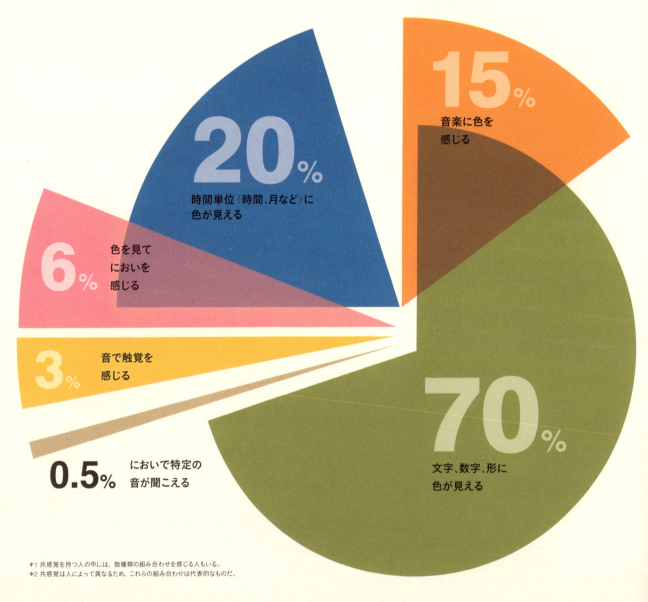

- **15%** 音楽に色を感じる
- **20%** 時間単位（時間、月など）に色が見える
- **6%** 色を見てにおいを感じる
- **3%** 音で触覚を感じる
- **0.5%** においで特定の音が聞こえる
- **70%** 文字、数字、形に色が見える

[*1] 共感覚を持つ人の中には、数種類の組み合わせを感じる人もいる。
[*2] 共感覚は人によって異なるため、これらの組み合わせは代表的なものだ。

ため息はクランベリー味
──味と音の組み合わせ*2

共感覚の中には、音を聞くと口の中に決まった味を感じるというケースもある。

叫び リンゴ / うめき音 プラム / すすり泣き レモン / ハミング オレンジ / ため息 クランベリー / 舌打ち バナナ

今月は何色？──「月」に色がつく共感覚*2

1カ月ごとに色がついて見える場合もある。

第6章 考える人体

12 脳 vs. コンピューター
MEMORY BY NUMBERS

記憶の量は恐ろしいほど膨大だ。脳は友だちの電話番号や、『種の起源』を書いたのは誰か[*1]といった事実や情報を記憶しているだけではない。顔や場面、音、におい、触った感触、ものを書いたり自転車に乗ったりといったスキルや運動のパターン、さらには経験したことのある感情なども覚えている。ここでは脳とコンピューターの記憶容量をきわめて単純に比較してみた。だがそれだけでなく、「作業記憶」（コンピューターのRAM）の大きさと、情報を記憶し検索する速度もとても重要になる。

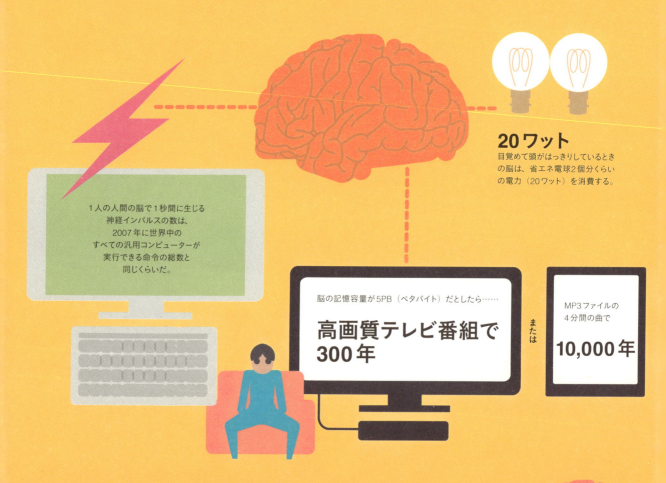

20ワット
目覚めて頭がはっきりしているときの脳は、省エネ電球2個分くらいの電力（20ワット）を消費する。

1人の人間の脳で1秒間に生じる神経インパルスの数は、2007年に世界中のすべての汎用コンピューターが実行できる命令の総数と同じくらいだ。

脳の記憶容量が5PB（ペタバイト）だとしたら……
高画質テレビ番組で300年

または

MP3ファイルの4分間の曲で
10,000年

脳の計算速度 vs. スーパーコンピューターの計算速度

コンピューターの処理速度または性能の目安の1つにFLOPS（フロップス）
(floating point operations per second：1秒間に処理できる浮動小数点演算の回数) がある。
1フロップスを1秒間に1回の計算として、以下のように考えてみよう。
・脳には神経細胞が1000億個ある。
・それぞれの神経細胞は、平均して他の1,000個の細胞とつながっている。
・それぞれのシナプス（神経細胞同士のつなぎ目）の形は約20種類ある。
・ニューロンは、1秒間に約200回発火する。
掛け算すると、脳の速度は400ペタフロップス（1ペタフロップスは1秒間に1000兆回）になる。
これは、10～50ペタフロップスの速度を持つスーパーコンピューターよりはるかに速い。

[*1] チャールズ・ダーウィン著、1859年。

記憶容量はどのくらい？
日常的によく使う電子機器の記憶容量との比較

1 TB
家庭用コンピューターのハードディスク

150 KB
A4の文書1枚

100～200 GB
テレビの高画質
ハードディスク・レコーダー

8～64 GB
メモリースティック

16～64 GB
タブレット
または
スマートフォン

脳の1個のシナプス
0.0047B

10～100 PB
スーパーコンピューター

1～10 PB
人間の脳
高めの推定値

10～100 TB
人間の脳
低めの推定値

B: バイト	通常は8ビット、メモリーの1作業単位	
KB: キロバイト	1,000 B	
MB: メガバイト	1,000 KB	100万バイト
GB: ギガバイト	1,000 MB	10億バイト
TB: テラバイト	1,000 GB	1兆バイト
PB: ペタバイト	1,000 TB	1000兆バイト

第6章　考える人体

13 | 記憶はチームプレー
THE MEMORY GAME

不便だろうと思うのだが、脳には単一の「記憶中枢」がない。実際、記憶の種類も1つだけではなくいくつもある。多数の脳のパーツが、学習、貯蔵、想起のさまざまな面を扱っている。これらのパーツは、感情に関わる脳領域などにも組み込まれている。そのため気分や感情の状態は、疲労や空腹、動揺といった要因とともに、記憶に大いに影響する。細胞のレベルでは、記憶とは脳の数千億のニューロンの間に新たな接続と経路が生じることだ。

ABCD
宣言的記憶（顕在記憶）
意識して思い出そうとする必要がある記憶。
エピソード記憶――場所や時間、他の人、そのときの感情などを含むイベント（エピソード）の記憶。
意味記憶――一般知識、事実、概念、意味など、通常は言葉で説明できる記憶。

手続き記憶（潜在記憶）
よく行っている動きのパターンや思考プロセスなど、意識的に考えなくても自動的に思い出される記憶。

情動的記憶
感情が占める部分が大きく、興奮や強い感情をともない、思い出すと体中によみがえる記憶。

地形的記憶（視空間記憶）
周囲の環境への意識と記憶、物体や場所を見分けて突き止める、ルートを進むといった記憶。

記憶の種類

運動野
動きの記憶を保持する（手続き記憶）。

触覚野
触覚の記憶を保持する。

前頭葉
地形的な意識といった短期の「作業記憶」を担う主な部位。多くの連想情報を保持し、記憶のさまざまな要素と関わっている他の脳領域とつながっている。

嗅覚野
においの記憶を保持する。

味覚野
味の記憶を保持する。

聴覚野
音の記憶を保持する。

扁桃体
主な役割は、感情が占める部分が大きい記憶（情動的記憶）を形成すること。記憶の固定や、短期記憶から長期記憶への変換でも（海馬とともに）重要な役割を果たす。

海馬
記憶の固定、短期記憶から長期記憶への変換で（扁桃体とともに）重要な役割を果たす。環境中の物体の空間的記憶や目的地への移動（地形的記憶）に関わる。

視覚野
視覚的記憶の貯蔵。

小脳
動きの記憶の貯蔵（手続き記憶）。

記憶の共有

脳の多くのパーツは、記憶のさまざま側面や要素を保持している。例えば、視覚中枢（視覚野）はイメージに基づく情報を保持しているため、物体を見分けたり、名前をあげたり、もっと規模の大きい記憶に取り込んだりすることができる。記憶の要素と意識を結びつける作業の多くは、前頭葉で行われる。

第6章　考える人体

14 | 感情を生む脳、支配される体
EMOTIONAL BRAIN

「本当なの？ まあ、何てひどい。悲劇だわ！」。そんなとき、体は気を失ったり、震えたり、フラフラしたり、すすり泣いたりして反応する。気分が乱れていると頭はまともに働かないし、分別のある判断もできない。そうかと思えば次の瞬間、「違う、ちょっと待って──そうじゃないわ。なんて素敵なの！」。気分は高揚し、全身で跳び上がって喜ぶ。苦しみの叫びは喜びの叫びになり、喜びの涙は苦痛の涙に代わる。こうした強力な感情は脳のどこで生じるのだろう？

落ち込み　幸せ　悲しみ　驚き　心配

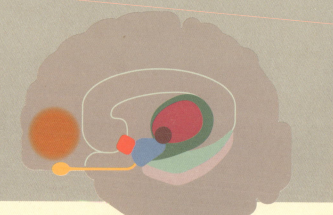

だいのうへんえんけい
大脳辺縁系
この系の特徴は、感情や気分に関わっているパーツの機能にある（これらのパーツは他のさまざまな役目も果たしている）。

かいば
海馬
長期記憶を形成し転送する（海馬には貯蔵されない）。
扁桃体とともに、感情に関わる要素の記憶と想起に関与している。

へんとうたい
扁桃体
記憶の処理と想起では（海馬とともに）非常に活性化する。
特に分刻みの感情や思い出した感情、さらには想像した感情にも関わっている。

きゅうきゅう
嗅球
においの情報を扁桃体や海馬などの辺縁系のパーツに直接送る。
においや香水によって強い感情や記憶がすぐに掻き立てられるのはそのためだ。

どこで感情を感じるのか？

人は、強い感情によって体のどこかが影響を受けるように感じる。
こうした感覚は、体のマップで示すことができる。

強い、激しい、速い、ポジティブな

中間

弱い、冷めた、遅い、ネガティブな

恥ずかしさ　　怒り　　誇り　　恐れ　　愛

脳弓
海馬、視床、乳頭体の間を仲介する。
記憶の感情的な側面に関与する。

海馬傍回
場面全体（人々よりむしろ、その場の物体）の記憶と認識、
またそれらに対する感情的反応。

乳頭体
場所、時間、人々、感情などを含む
イベント（エピソード）に関与する。

視床下部
感情を生み出したり開始したりするのではなく、
感情の身体表現に関わっていることが多い。
感情的な状態（例えば嫌気、不快感、制御不能の笑いと涙）とも
つながりがある。

視床
辺縁系の他のパーツのための
中継基地で配送センター。

前頭葉の辺縁領域
前頭葉底部の脳表面の内側に面した領域。重要なハブであり、
空間認識や目的地への移動といったさまざまな記憶を関連づける領域。
海馬と海馬につながっている領域を大脳皮質の他の領域とつなげる
情報伝達領域だ。

15 | 脳にある時計
BRAIN TIME

体にはSCN（視交叉上核）という体内時計が内蔵されている。ここの神経細胞は、独自の（おおよそ）24時間または概日（「約1日」）の活動サイクルを持っている。その活動は、目が感じ取る自然の明暗サイクルによって時計を「セット」することで、外の世界と同調している。SCNは、体温やホルモン濃度、食欲、消化、排泄、覚醒─睡眠サイクルといった幅広いバイオリズムをコントロールし、調整している。

午前0～7時
午前6～7時までの睡眠

午後10～11時
尿の生成と腸の運動が低下

午後9～10時
血圧の低下が最も速い

午後6～7時
体温と血圧が最も高い
37.5°C

午後4～5時
心拍数、筋力、スタミナが最大に

午後3～4時
反応時間が最も速い

SCN（視交叉上核）
松果腺

体内時計のセット方法①
日が照っている時間は重要な環境シグナルだ。光の量が目の網膜にある神経節細胞によって感知されると、ほとんどすぐにSCNにシグナルが送られる。その他のきっかけは脳のページに示した。

午前4〜5時
最も低い体温

36°c

午前7時
起床
血圧が最も速く上がる

午前7〜8時
便通
排尿がありそうだ

X+Y

高いレベルの覚醒状態

午前10〜11時

午後12〜1時
最も食欲が旺盛

午後2〜3時
体の協調性が高くなる、
痛みを感じにくい

体内時計のセット方法②

外界の変化を示すもう1つのシグナルは気温であり、皮膚によって感知される。食べた物や食事の時間は、傍小脳脚核（PBN）などの脳のさまざまなパーツによってモニターされている。ストレスがかかればストレスホルモンであるコルチゾールの濃度があがるし、運動すれば体温と心拍数、呼吸数が上がる。

体の日周リズムは
概日時計に従っており、
内分泌系の多くの器官、
特に松果腺（しょうかせん）が
関わっている。

第6章　考える人体　177

16 眠りに落ちるまで
OFF TO SLEEP

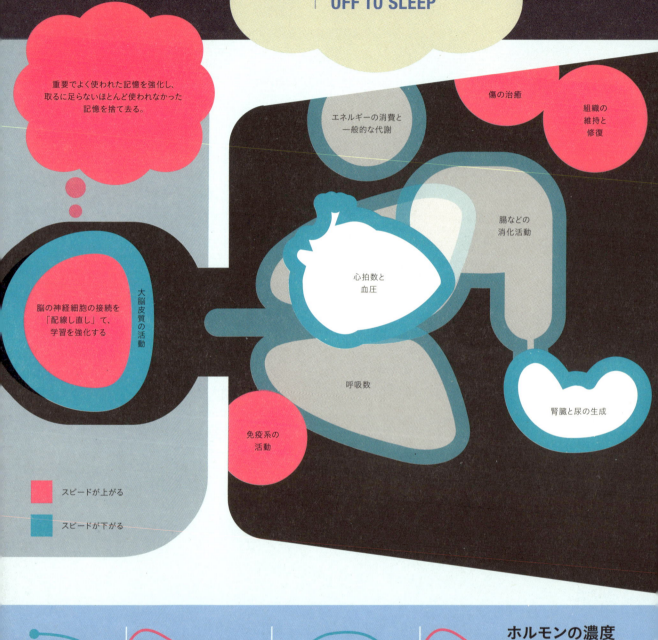

重要でよく使われた記憶を強化し、取るに足らないほとんど使われなかった記憶を捨て去る。

傷の治癒

組織の維持と修復

エネルギーの消費と一般的な代謝

腸などの消化活動

心拍数と血圧

脳の神経細胞の接続を「配線し直し」て、学習を強化する

大脳皮質の活動

呼吸数

腎臓と尿の生成

免疫系の活動

■ スピードが上がる
■ スピードが下がる

ホルモンの濃度

午前6時　午後6時　午前6時

コルチゾール（ストレスホルモン）
メラトニン（睡眠ホルモン）

私たちは人生の3分の1を眠って過ごすが、これは脳の松果腺から出るメラトニンが主な原因だ。睡眠には浅い眠りから深い眠り、さらには夢を見るときのレム睡眠（記憶の再生段階にあたる）まで、いくつかの段階がある。脳波（EEG）は脳の電気活動を記録し、神経シグナルの数や位置、パターンを追跡する方法だ。それぞれの段階や主な精神的プロセスでは、特徴的な脳波が見られる。睡眠中でも脳は決して休まず、記憶の処理のために特に忙しく働いている。いっぽう、心臓や肺、腸、腎臓といった生存に欠かせない器官はリラックス中だ。免疫系と組織を維持するシステムはペースをあげて仕事に突き進む。

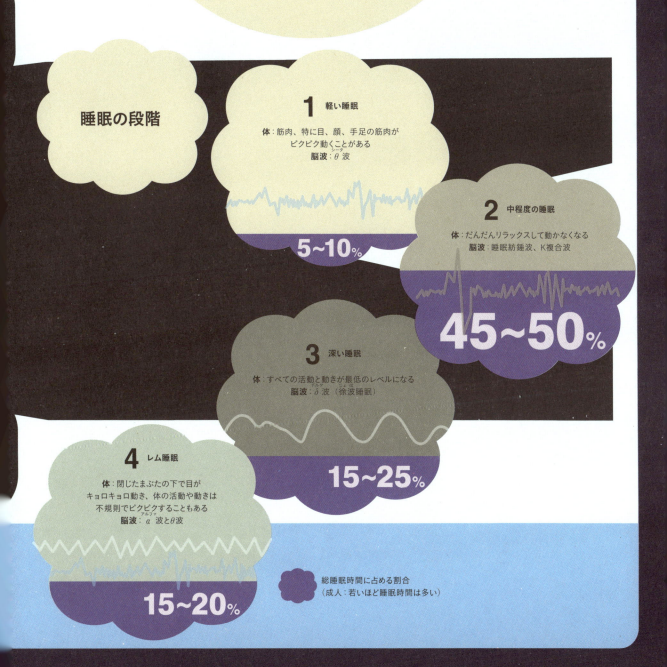

睡眠の段階

1 軽い睡眠
体：筋肉、特に目、顔、手足の筋肉がピクピク動くことがある
脳波：θ波
5〜10%

2 中程度の睡眠
体：だんだんリラックスして動かなくなる
脳波：睡眠紡錘波、K複合波
45〜50%

3 深い睡眠
体：すべての活動と動きが最低のレベルになる
脳波：δ波（徐波睡眠）
15〜25%

4 レム睡眠
体：閉じたまぶたの下で目がキョロキョロ動き、体の活動や動きは不規則でピクピクすることもある
脳波：α波とθ波
15〜20%

総睡眠時間に占める割合
（成人：若いほど睡眠時間は多い）

年をとるほどレム睡眠が少なくなる

必要な睡眠時間は人によって異なる。健康にとって特に重要なのは、十分なレム睡眠だ。

17 あなたが眠っている間に
DREAMTIME

睡眠の検査で、脳波や体の他の機能を測定している人をレム睡眠中に起こすと、夢を見ていたと言うことが多い。夢には元気づけられるものや奇妙なもの、不安になるものや本当の悪夢などがある。脳波と脳スキャンから、脳のどの部分が関わっているのかが明らかになった。しかし、科学の立場から夢の意味を真剣に分析するには、まだまだ時間がかかりそうだ。

 望ましい毎晩の睡眠時間*1

 レム睡眠の割合

*1 米国立睡眠財団のガイドラインより

睡眠中に忙しいのは？

10代は本当に眠い！
若者が朝なかなか起きられないのも当然だ。10代の間は、体内時計と毎日のバイオリズムが1〜2時間遅れがちであることが、研究からわかっている。

休憩中
1 運動野
2 触覚野
3 第1次視覚野
4 聴覚野
5 前頭葉：意識からの入力が低下

活動中
6 嗅覚野：夢を見ていても強いにおいで目が覚めることもある
7 視覚連合野：イメージ豊かな夢
8 視床：大脳皮質への多くの感覚入力をふるいわける
9 扁桃体：記憶と感情を関連づける
10 海馬：記憶を一時的に保存し、夢の中で整理する
11 延髄：基本的な生命維持

第6章　考える人体

第7章
成長する人体
GROWING BODY

01 赤ちゃんができる前の準備
PRE-BABY PREP

生命の法則の1つは、細胞分裂または有糸分裂によって「すべての細胞は他の細胞から生じる」というものだ。新しい生命もまた同じだが、もっと複雑になる。赤ちゃんは、1個の卵子と1個の精子から作られるため、体の細胞はどれも2組の遺伝物質を持っている。卵子と精子の細胞がそれぞれ2組の遺伝物質を持っていたら、遺伝物質は4組になってしまうので、2組の遺伝物質を1組ずつ半分にしなくてはならない。そのうえで精子と卵子が融合して遺伝物質が2組となり、赤ちゃんの成長が始まる。このように、卵子と精子を作るために特別に行われる細胞分裂を、減数分裂という。

男性での配偶子の形成

間期
染色体を作っているDNAの複製が行われ、23対の染色体が2組できる。
＊この図のみ2対の染色体について示している

前期／中期（第1分裂）
染色体が見えるようになる。染色体の中には、対となった染色体と部分的な交差（乗り換え）が起き、遺伝的多様性を生じるものもある。核膜が崩壊し、染色体が細胞の中央（赤道面）に並ぶ。

後期／終期（第1分裂）
2組の染色体が切り離され、新しい細胞に1組ずつ入る。それぞれの娘細胞で核膜が再び形成される。もとの細胞が2つに分かれ、それぞれに染色体が1組ずつ含まれることになる。

女性での配偶子の形成

男性の配偶子は精子と呼ばれ、23本で1組の染色体を含んでいる。
これは、新たな個体の最初の細胞となる受精卵を作るのに
必要な染色体数の半分だ。

女性の配偶子は卵子と呼ばれ、23本で1組の染色体を含んでいる。
これは、新たな個体の最初の細胞となる受精卵を作るのに
必要な染色体数の半分だ。

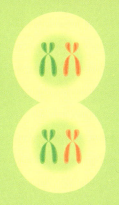   

前期／中期（第2分裂）
核膜が崩壊する。染色体が細胞の赤道面にランダムに並ぶ。

後期／終期（第2分裂）
対になっていた染色体が分かれ、新しい細胞に1本ずつ入る。核膜がそれぞれの娘細胞で再び形成される。

もとの1個の細胞が4個の細胞となり、染色体はそれぞれに1組だけ含まれている。もとの男性の細胞から4個の精子細胞が作られる。もとの女性の細胞から1個の卵子と3つの極体（「予備」の染色体を含む）が生じる。

 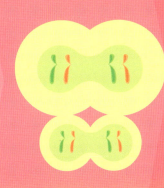  

第7章　成長する人体　185

02 | 排卵まで
MAKING EGGS

2個の性細胞——卵子と精子——が合体して新たな生命が成長し始める場合、これらの性細胞からはそれぞれ同じ数の遺伝子が受け継がれている。それぞれの性細胞には23本の染色体が含まれ、それぞれの染色体は1本のDNAでできている。だが、成熟した性細胞が作られるプロセスは男女でまったく違っている。女性では、卵子は思春期に入ってから28日周期で毎月作られるが、更年期になると作られなくなる。それとは正反対で、精子は24時間年中無休で作られ、年齢とともにだんだん少なくなるだけだ。

- **6〜7百万個** 20週齢の胎児に存在する数
- **1〜2百万個** 出生時に存在する数
- **35万個** 思春期に存在する数
- **1000個** 思春期から更年期までに毎月失われる数
- **1個** 1カ月に放出される成熟した卵子の数
- **450個** 一生の間に放出される成熟した卵子の数
- 成熟した卵胞の平均的なサイズ **20mm**
- 卵子の平均的なサイズ **0.12mm** 直径

生殖サイクル

女性の生殖サイクル（月経周期）は卵胞刺激ホルモン（FSH）、黄体形成ホルモン（LH）、エストロゲン、プロゲステロンなどのホルモンによって調整されている

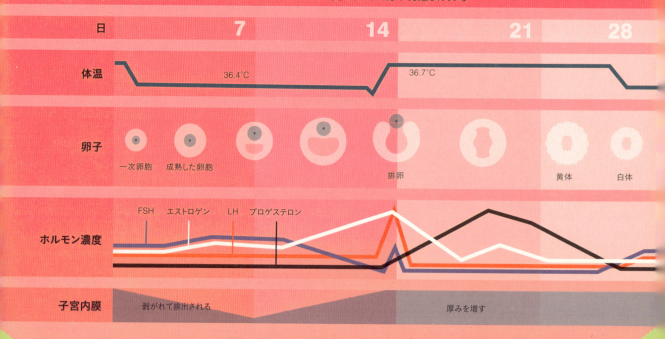

02 射精まで
MAKING SPERM

男性の性細胞（精子）は、毎日数千万個以上という膨大な量が精巣で作られ続け、さらに精巣上体で成熟する。精子の生産ラインは思春期に動き始めてから毎日毎分働き続け、年齢とともにだんだん減っていく。しかし、男性は70代や80代になっても自然な方法で父親になることができる。

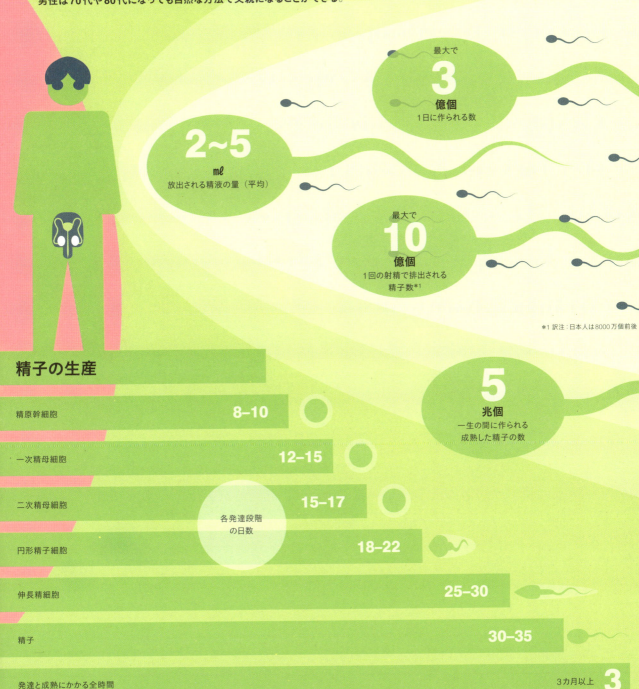

最大で **3** 億個
1日に作られる数

2～5 ml
放出される精液の量（平均）

最大で **10** 億個
1回の射精で排出される精子数*1

*1 訳注：日本人は8000万個前後

5 兆個
一生の間に作られる成熟した精子の数

精子の生産

発達段階	日数
精原幹細胞	8–10
一次精母細胞	12–15
二次精母細胞	15–17
円形精子細胞	18–22
伸長精細胞	25–30
精子	30–35
発達と成熟にかかる全時間	3カ月以上

各発達段階の日数

第7章　成長する人体

03 新たな命が誕生するとき
NEW BODY BEGINS

赤ちゃんの誕生につながる卵子と精子の合体は受精と呼ばれるが、配偶子合体という言い方もある。普通なら、受精は卵子を放出する卵巣と子宮をつなぐ卵管で起き、胎児は子宮で大きくなる。精子が卵子に到達できる確率は、100万分の1どころか10億分の1くらいかもしれない。仲間のほとんどは卵子までたどり着けないし、いったん精子が卵子にくっつくと、卵子はそれ以上の精子を受けつけなくなる。受精によって合体した精子と卵子では、成長と発達の驚くべきプロセスが始まり、9カ月［訳注：日本の数え方では10カ月］後にはしわだらけの泣き叫ぶ小さな人間が誕生する。

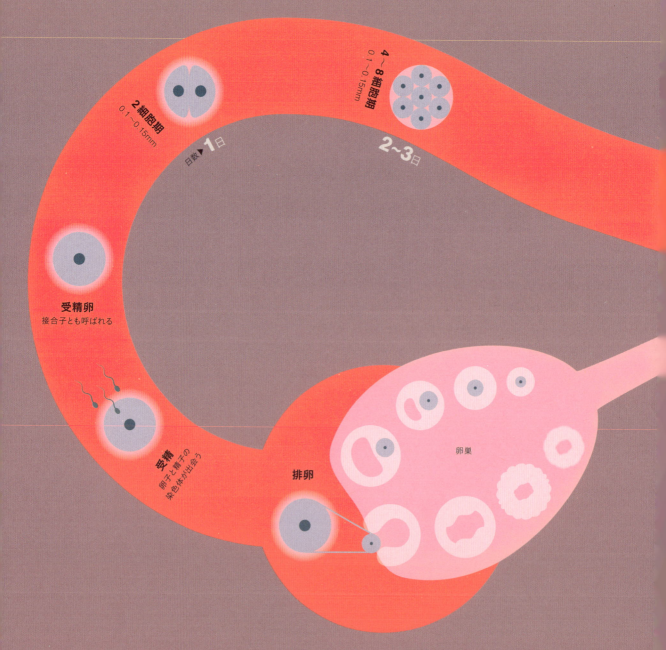

受精の各段階

1. わずか数百個の精子が卵子にたどり着く
2. たくさんの精子が卵子にくっつこうとする
3. 帽子状の先体から出た酵素が、透明帯と卵子の外側にある膜を分解する
4. 1つの精子の頭部が卵子の外側の膜と融合する
5. 精子の核にある染色体が卵子へ渡される
6. 透明帯と外側の膜が固くなり、他の精子は融合できなくなる
7. 精子と卵子の染色体が集まり、受精卵では1回目の分裂の準備が始まる

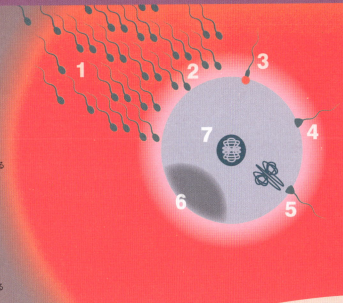

桑実胚 0.1-0.15 mm

3〜4日

胚盤胞 0.2〜0.3mm

4〜5日

8〜9日

胚盤胞の着床
胚盤胞の外側の細胞が子宮内膜に食いこんで侵入する

21日

初期胚
脳や心臓、血管の形成が始まる

実際のサイズ
2 mm

第7章　成長する人体

04 妊娠のタイムライン
PREGNANCY TIMELINE

赤ちゃんは、子宮というとても特殊な場所で成長する。しかし、そこが穏やかで落ち着いた、静かな場所だとは限らない。母親の心臓は上の方で鼓動しているし、血液は近くの動脈を音を立てて流れ、明るい光は皮膚と子宮壁を通り抜けてくる。突然の大きな音も同じで、赤ちゃんがびっくりして手を突き出したり足を蹴ったりすることがある。赤ちゃんが大きくなることは、どんどん窮屈になることでもあり、母親の動きによってしめつけられたり押しつけられたりすることもある。

妊娠の3つのステージ*1: 1

月*2: 1　2　3　4

週*2: 1　2　3　4　5　6　7　8　9　10　11　12　13　14　15　16　17

● 出産前の検診（イギリス、最終生理開始日から第1週と数える）
［訳注：イギリスの場合、検診の回数は日本よりかなり少ない］

胎芽　　胎児

初期　中期　後期　　初期

つわりの時期

画像診断　　予定日の修正

最初の胎動を感じる

お腹が目立ち始める

初めての子供
2人目以降

*1　欧米と日本では妊娠期間のカウント方法が違い、欧米では妊娠期間を3段階に分けてそれぞれをトリメスターと呼ぶ。
*2　卵子が精子によって受精してからの時間。最終月経開始日から数える方法では、2週間前から数えることになるため妊娠期間が40週となる［訳注：日本では一般に受精から8週目（妊娠10週目）から呼び名が変わる］。

妊娠検査薬はどのくらい正確？

妊娠検査薬では、受精から6日ほど経つと作られ始めるヒト絨毛性ゴナドトロピン（hCG）というホルモンが、尿に含まれているかどうかを調べる。

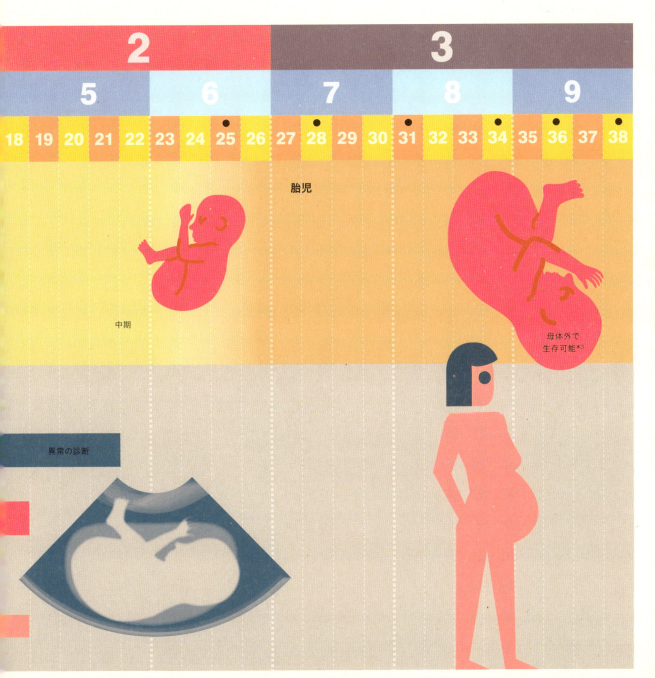

*3 母体外生存可能性と周産期の定義のしかたは、新生児の看護方法の改善と、発達の特定の段階で生き延びることができそうな赤ちゃんの割合などにより、国や地域によってさまざまだ。

05 | 生まれる前の赤ちゃん
THE UNBORN BABY

増えて、動いて、分化する。生まれる前の9カ月間、ずっと起きているのはそういうことだ。胚のときに数百個だった細胞は、増殖して数千個、数百万個になる。また、実際に移動（遊走）してヒダや塊やシート状になり、そこから器官が少しずつ形成される。これらの細胞では分化、つまり、初期のほとんど万能な幹細胞から骨や筋肉、神経、血液細胞など、決まった種類の細胞に変わる現象も起きている。

4 週目[*1]

頭部に目が出現
／心拍数は120～140回/分
／筋肉の形成、少し動くようになる
／腕となる上肢芽（じょうしが）が現れる
／しっぽがある

4 mm

25 cm[*2]

24 週目

心拍数は150回/分
／頭は身長の4分の1になる
／目が開くことがある
／親指しゃぶりをすることも
／初期の記憶が形成されることも

8週目

- 顔の形がわかるようになる
- 頭は体と同じくらいの大きさ
- 手足の指が形成される
- しっぽが小さくなる
- 呼び方が胎芽から胎児になる

15 mm

16週目

- 人間らしい顔になる
- すべての器官が形成される
- 顎に乳歯の芽ができてくる
- すべの骨は形になっているが、ほとんどが軟骨の状態
- 皮膚の下に脂肪がつき始める

60 mm

45〜48 cm

36週目

- 胎毛（ふわふわの最初の毛）が抜け落ちる
- 爪が指先より長く伸びることも
- 咳やしゃっくりは当たり前
- 生まれてもいい状態に
- 体重は3kg以上

*1 卵子が精子によって受精してからの時間。最終月経開始日から数える方法では、2週間前から数えるために妊娠期間が40週となる
*2 普通、赤ちゃんは丸い「胎位」をとっているため、胎芽/胎児の身長として頭からおしりまでを測ることが多い

第7章　成長する人体

06 生まれたての人体
BIRTH DAY

出産にかかる時間がまちまちなことは有名で、1時間もかからないこともあれば24時間以上かかることもある。2人目の出産ではたいてい30〜40％短くなり、3人目になるとさらに10〜20％短くなることもある。先進国の出産統計では、助産師や医師の手を借りる管理された分娩、特に誘発分娩と帝王切開分娩も影響してくる。そのため、今では日曜日に生まれる赤ちゃんは他の曜日に生まれる赤ちゃんより少ないし、12月25日が1年で最も出産の少ない日になることもしばしばだ。

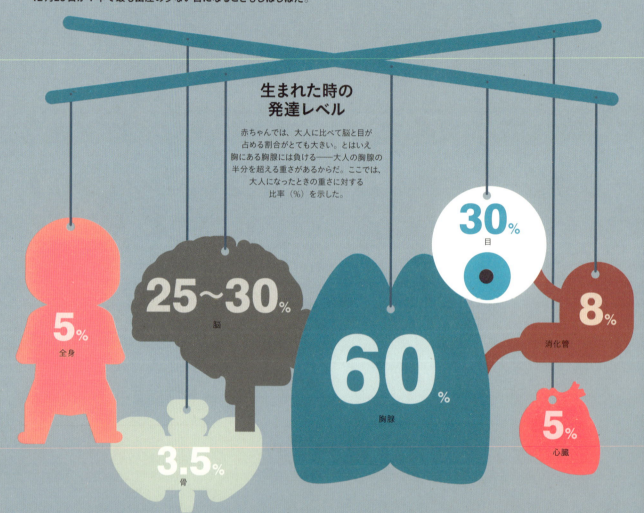

生まれた時の発達レベル

赤ちゃんでは、大人に比べて脳と目が占める割合がとても大きい。とはいえ胸にある胸腺には負ける——大人の胸腺の半分を超える重さがあるからだ。ここでは、大人になったときの重さに対する比率（％）を示した。

- 全身 5％
- 脳 25〜30％
- 骨 3.5％
- 胸腺 60％
- 目 30％
- 消化管 8％
- 心臓 5％

出産のタイムテーブル（初めて出産する場合）

全体的に見ると、平均値は12〜14時間。2回目以降の出産はたいてい6〜8時間と短くなる。

各段階 1　　　　　　　　　　経過時間（時間）　6〜8時間

1. 準備期　子宮収縮が着々と強くなり間隔が短くなる
2. 進行期

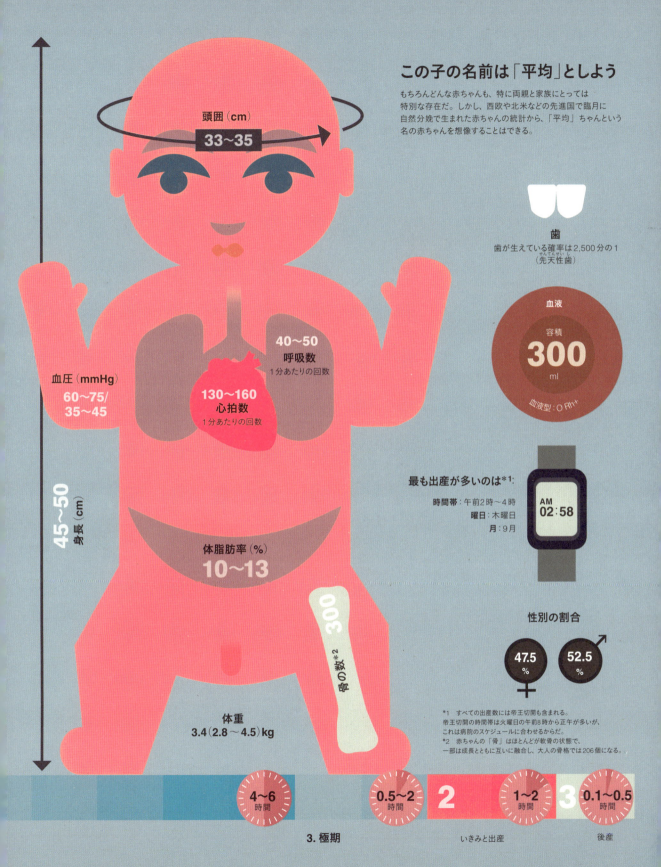

07 発達のマイルストーン
BABY TO CHILD

赤ちゃんや子どもの成長の速さはそれぞれ違う。早い時期に1つの能力やスキルが身についても、他の力も早く身につくか、また最終的にどのくらいのレベルになるかはわからない。最初は成長が遅くても急に成長することはあるし、逆の場合もある。一貫性のない子もいる。「発達の診査事項」を目安にすれば、何か問題があるときにも早く気づくことができるだろう。心強いことに、ほとんどの子どもはそのうちマイルストーンをクリアできる。

15カ月
- 言葉が4〜8個に増える
- ボールで遊ぶ
- でたらめな線を描く
- 支えがあれば後ろ歩きをすることも

12カ月
- 他の人の動きをまねする
- 欲しいものを身ぶりで示す
- 1つか2つ言葉を話す
- 2、3歩あるく

18カ月
- 一人で本を「読む」ふりをする
- 言葉を組み合わせて文にし始める
- 何かを表現するお絵かきをする
- 積み木を積み上げる

20カ月
- 手を貸せば階段を上れる
- 絵を見て猫や犬などと言う
- ボールを蹴る
- 2〜3つの単語で短い文を話す

わんわん

5歳
- 片足で軽く跳べる。スキップ、ブランコをこぐ、登ることができる子も
- 未来形や過去形、単数形や複数形といった変化する動詞を使った完全な文章を話す。
- 丸や三角形などの単純な形をまねして書く

2 カ月
- 喉を鳴らしたり、あっあっといった音を出す
- うつ伏せで少し頭を持ち上げる
- 動いているものを目で追う
- ほほ笑み返す

4 カ月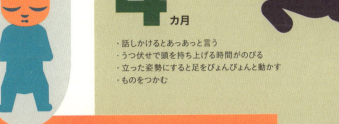
- 話しかけるとあっあっと言う
- うつ伏せで頭を持ち上げる時間がのびる
- 立った姿勢にすると足をぴょんぴょんと動かす
- ものをつかむ

■ 月齢

9 カ月
ママ
- 音節を組み合わせて言葉のような音を出す
- つかまり立ちをする
- ものをぶつけたり落としたり投げたりする
- 「ママ」のような音を出すことも

6 カ月
- 音のした方に頭を向ける
- 両側に寝返りを打つ
- ものに手を伸ばして口に入れる
- 支えなしで座る

2 歳
ボク、ボク、ボク
- 人形やおもちゃの動物の体の一部の名前をいう
- 自分のことを話し始める
- ものを種類ごとに並べる
- ジャンプを始めることも

2.5 歳
- 手を貸せば歯磨きができる
- 考えて角度のある線を描く
- 自分で簡単な服を着る
- ちょっとだけ片足立ちができる

■ 年齢

4 歳
1 2 3 4
- 数え方の基本を理解している
- たいていはボールをキャッチできる
- 自分の食べ物をちぎったり割ったりして食べる
- お絵かきで文字のまねを始める

3 歳
- 片足立ちを数秒間続けられる
- 4〜6つの単語を組み合わせて文章にする
- スキップ、ジャンプ、でんぐり返しといった動きの名前をいう
- 日中はトイレを使える

08 | 子どもから大人へ
GROWING UP

子どもの成長は、赤ちゃんから幼児、育ち盛りの子ども、ティーンエージャー、若者となるための、1つの素晴らしい旅のようなものだ。生まれてから、身長は3〜4倍、体重は20倍かそれ以上に増加する。しかし、生まれたときの体のパーツの相対的な大きさは、大人になってからの比率とはかけ離れているし、大きくなる速度もバラバラだ。

成長速度

50パーセンタイル［訳注：データを小さいものから順に並べて100個に区切り、どの位置にあるかを示すもの］の子どもでは、同じ年齢の子ども100人のうち、半分が自分より背が高いか体重が重く、半分が自分より背が低いか体重が軽くなる。同じように90パーセンタイルの子どもでは、10人が自分より背が高いか体重が重く、90人が自分より背が低いか体重が軽くなる。

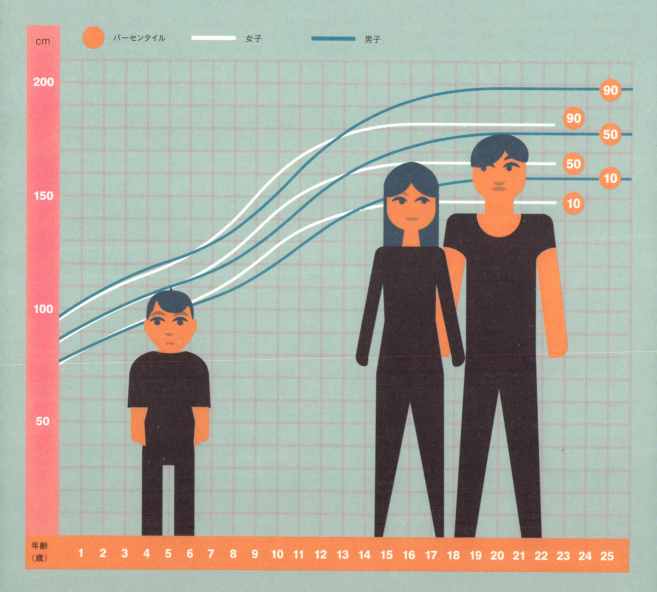

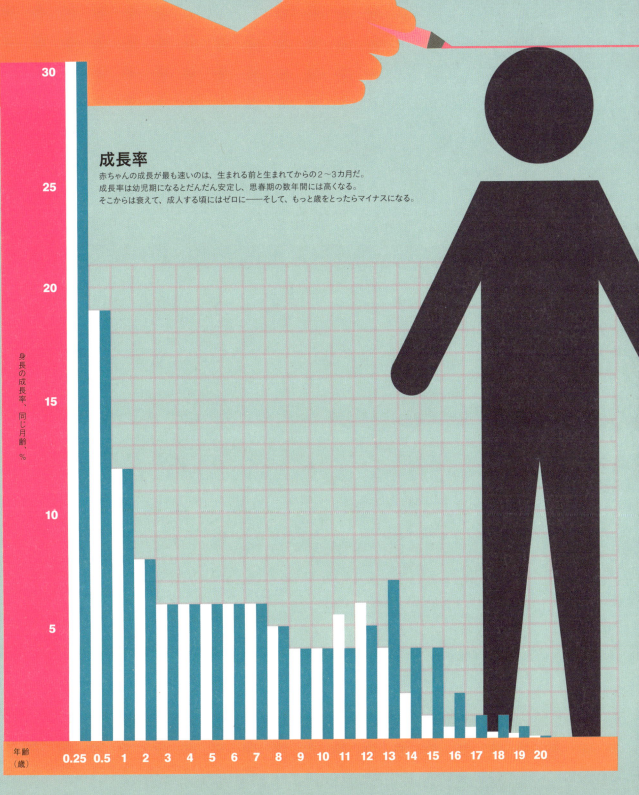

成長率

赤ちゃんの成長が最も速いのは、生まれる前と生まれてからの2〜3カ月だ。成長率は幼児期になるとだんだん安定し、思春期の数年間には高くなる。そこからは衰えて、成人する頃にはゼロに——そして、もっと歳をとったらマイナスになる。

09 | 人間はどれくらい生きられる？
HOW LONG DO HUMANS LIVE?

平均余命（寿命）と呼ばれる数字は複雑だ。ある時点での一般集団の推定寿命を大まかに示したものもあれば、性別と年齢によって分けるものもある。その場合は女性の方が男性より寿命が長くなるし、若いか歳をとっているかでも推定寿命は変わる。どんな日でもいい、ある特定の日に生まれた赤ちゃんの寿命を予測する方法もある。一般に、これらの寿命はどれも長くなっている。もちろん、どこに暮らしているか、どんな病気をしたか、また、どのくらいお金があるかも——その影響はとても大きい——きわめて重要だ。

79歳 北アメリカ

世界的に見た平均寿命（歳）

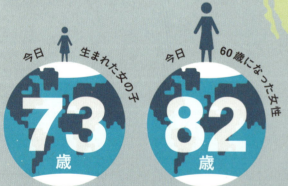

今日生まれた女の子 **73歳** ／ 今日60歳になった女性 **82歳**

60歳になった人の方が寿命が長いのは、幼少期を生き延びたためだ。特に途上国では、幼少期の死亡率が非常に高い。

今日生まれた男の子 **68歳** ／ 今日60歳になった男性 **79歳**

各国の平均余命
2012年以降のデータをもとに、最近生まれた子どもの誕生時の平均余命を推定。

75歳 中央アメリカと南アメリカ

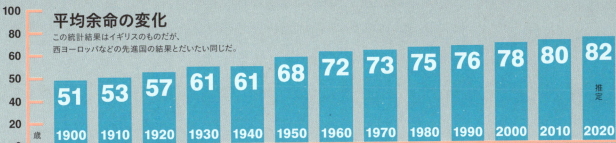

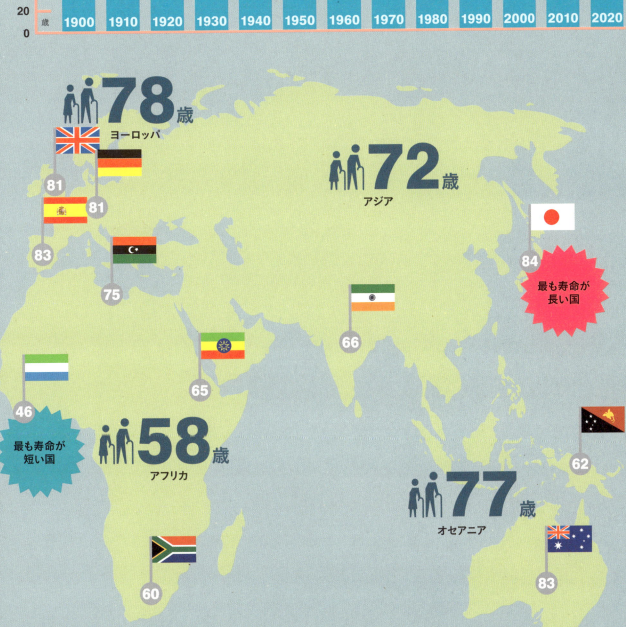

地域で見た誕生時の平均余命
2012年以降のデータをもとに、最近生まれた子どもの誕生時の平均余命を推定。

第7章 成長する人体 201

10 | 世界の赤ちゃん
HOW MANY NEW BODIES?

世界中で1分間に255人、つまり1秒間に4人以上の赤ちゃんが生まれている。しかし、イコール世界の人口増加率ではない。1分間に105人が死亡し、そのぶん少なくなるからだ。つまり、世界の人口は1分間に150人、1日で21,600人増えている。大きい町の人口と同じくらいの数字で、すごく大きいように思えるが、数十年前の人口増加率よりは小さくなっている。

凡例:
- 世界人口に対する比率（%）
- 1,000人当たりの出生数
- 人口自然増加率（出生率−死亡率、%）
- 合計特殊出生率、1人の女性が15〜49歳までに出産する子どもの平均数

北アメリカ
- 8%
- 13人
- 0.4%
- 1.8

中央アメリカと南アメリカ
- 6%
- 17人
- 1.2%
- 2.2

世界
- 100%
- 18人
- 1.2%
- 2.5

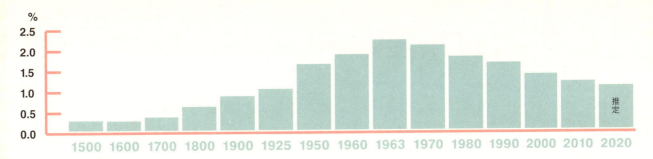

世界人口の増加率（％）

世界の出生率のピークは1960年代初めだった。
しかし、その後の人口増加率は総人口が
増えるにつれて減少し、
赤ちゃんが総人口に占める比率も下がってきた。
最近では、出生数は1年間に
1億3000万～1億3500万人で
かなり一定している。

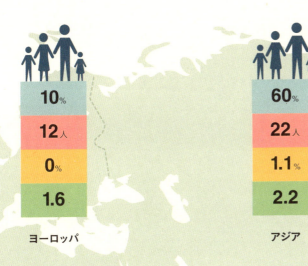

ヨーロッパ
- 10%
- 12人
- 0%
- 1.6

アジア
- 60%
- 22人
- 1.1%
- 2.2

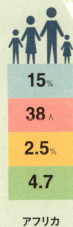

アフリカ
- 15%
- 38人
- 2.5%
- 4.7

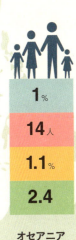

オセアニア
- 1%
- 14人
- 1.1%
- 2.4

世界各地の赤ちゃん

出生率は、現地の習慣や伝統、宗教、経済状態、
夫婦1組に子ども1人と制限する政策など、多くの要因の影響を受ける。

第7章　成長する人体

11 | 人口増加はどこまで続く
HOW MANY HUMAN BODIES?

これまで地球上で生きていた人間のうち、約16人に1人は現在も生存している。出生数は安定しているのに人口増加率が下がっているのは、総人口に対する出生数の割合が小さいからだ。人間の数が限界に達することはあるのだろうか？実際にはすでに持続可能な数を超えており、しばらくの間は人間の独創性によって農業的、技術的な解決策を見つけ出し、その場をしのぐことはできるだろうが、最後は万策つきることになるという声は多い。

世界の人口の推移
世界の人口は、数回の一時的な中断を除いてただひたすら増加してきた。

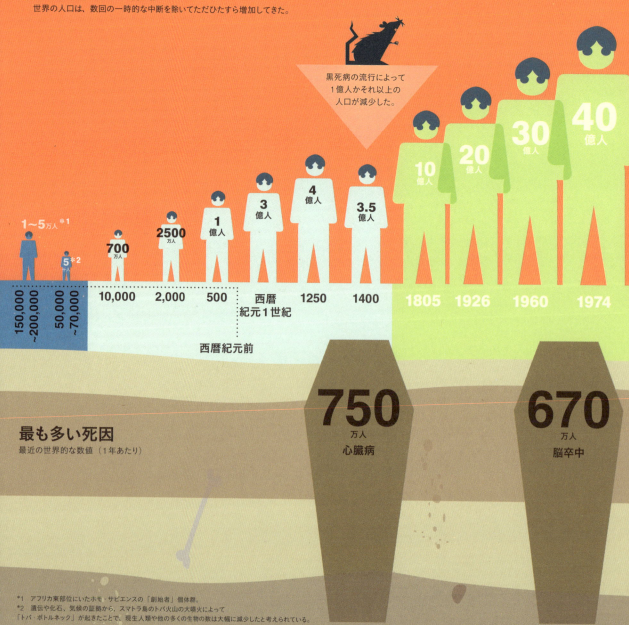

黒死病の流行によって1億人かそれ以上の人口が減少した。

最も多い死因
最近の世界的な数値（1年あたり）

750万人　心臓病
670万人　脳卒中

*1　アフリカ東部位にいたホモ・サピエンスの「創始者」個体群。
*2　遺伝や化石、気候の証拠から、スマトラ島のトバ火山の大噴火によって「トバ・ボトルネック」が起きたことで、現生人類や他の多くの生物の数は大幅に減少したと考えられている。

第7章　成長する人体

第8章
人体と医療
MEDICAL BODY

01 あなたを襲う健康リスク
CAUSES OF ILL HEALTH

世界保健機関（WHO）によると、「健康とはただ単に病気ではない、弱っていないということではなく、肉体的、精神的、社会的にベストな状態であることをいう」とされている。体調不良にはさまざまなカテゴリーがあり、原因が重なっていることも多いが、以下のようなカテゴリーに分けることができる。

ライフスタイルと環境

運動不足
特に心臓病、脳卒中、糖尿病、がん、うつ病の一因となる。

喫煙
健康障害のきわめて重要な原因。

環境要因
毒素を吸い込んだりさわったりすること、劣悪な衛生環境による感染症、過剰な騒音、シフトワーカーのような生活リズムの乱れ、厳しい社会的状況など。

精神的な問題
ストレス、不安、うつ病など。

腫瘍とがん

細胞の増殖が暴走して腫瘍を形成する。良性腫瘍では自然に増殖が止まるが、悪性またはがん性の腫瘍は広がったり転移したりする。発がん性化学物質（タバコの煙など）や放射線（強い日光、X線）、細菌、質の悪い食事など、さまざまな原因やきっかけがある。

免疫系とアレルギー

体の防御システムである免疫系が間違って自分の細胞や組織を攻撃し始めることを、自己免疫反応という。他の多くの病気に関わる要因だ。

病気の例
花粉症、食物アレルギー、1型糖尿病など

感染と寄生

病原体と寄生虫が原因。

主な病原体
細菌、ウイルス、原生動物

感染症の例
おできやライム病（細菌）、カゼやエボラ熱（ウイルス）、マラリアや睡眠病（原生動物）など

寄生虫の例
体内に居つく回虫やサナダムシや吸虫、体外にたかるノミやシラミやダニなど

外傷

偶発的、または暴力による意図的なケガ。
家、旅行、仕事、レジャーなど、どこでも起こりうる。
長引くこともある。

変性

体の細胞やパーツ、器官がだんだん消耗し、
十分に置き換わらないことが原因。

病気の例
骨関節炎（関節）、アルツハイマー病（神経細胞）、
黄斑変性症（目の組織）など。

栄養

不健康な食生活や食べ過ぎ、肥満をはじめとする
多くの病気の一因となり、病気を直接引き起こすこともある。

栄養失調
ビタミン欠乏症のような多くの健康問題をもたらす。

不潔さや調理不足
食中毒が起きることがある。

過剰摂取
お酒の飲み過ぎなどは多くの健康問題と関係している。

代謝と生理機能

体の無数の化学的プロセスに関する問題。
食生活、遺伝、環境など原因はさまざま。
ポルフィリン症［訳注：体内にポルフィリンが蓄積する］、
酸性血症(アシドーシス)［訳注：体液中に異常に酸が蓄積する］、
ヘモクロマトーシス［訳注：体内に鉄分が過剰に蓄積する］
などがある。

遺伝

遺伝によって受け継いだ、または変異によって
体内で生じた欠陥遺伝子が原因。
鎌状(かまじょう)赤血球症や嚢胞性(のうほう)線維症などは
遺伝のしかたが比較的単純。
乳がんや統合失調症などの多くの病気は、
遺伝的要素や傾向がそれほどはっきりしていない。

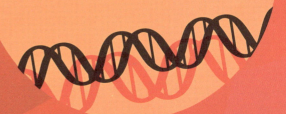

第8章　人体と医療

02 どこが お悪いのですか？
WHAT SEEMS TO BE THE TROUBLE?

病気の診断では、病気の特徴や原因を見きわめることが必要になる。どの医師も診断はするが、それを専門とする総合診療医もいる。ほとんどの医師が認めているように、診断には原因と結果に対して合理的に考え、論理的に選択や排除を行う科学的な部分と、何かおかしいという感覚や直感に従って判断する熟練のわざともいえる部分がある。

腹部の痛み

腹部にはさまざまな器官や組織が詰め込まれている。どこが痛いのかはっきりすれば、痛みの原因の手がかりとなり、診断に役立つ。また、にぶい痛みか鋭い痛みか、続いているのか時々なのか、焼けるような痛みか刺すような痛みか、食事や動作と関係があるかなど、どんなふうに痛いのかも重要だ。そこで医学の世界では、位置をはっきりさせるため、腹部を四半部または9領域に分けて表現する。

左季肋部（ひだり きろくぶ）
・脾臓の膿瘍、腫大、破裂
・左肺または心臓の病変

臍部（さいぶ）
・小腸、メッケル憩室の病変
・リンパ節、リンパ腫の病変
・初期の虫垂炎

右下腹部
・盲腸の病変、虫垂炎
・大腸の病変、クローン病
・卵巣嚢胞、炎症/感染症　・ヘルニア

1年間に病院に行く回数／医師の多さ

国	平均回数	医師数
日本		2.3
ドイツ		3.9
フランス		3.2
カナダ		2.1
オーストラリア		3.3
イギリス		2.8
アメリカ		2.5

○ 1,000人当たりの医師の数*1

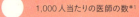 一般開業医*2の診察を受ける平均回数（ドア1つにつき1回を表す）

心窩部
・食道の病変、食道炎、食道の狭窄
・胃炎、胃潰瘍、ガス、食中毒
・膵炎

右側腹部
・右腎の炎症、感染症（腎盂腎炎）
・尿管の疝痛（腎臓からの結石が尿管に詰まって起きる）

左下腹部
・潰瘍性大腸炎、憩室炎、便秘
・卵巣嚢胞、炎症/感染症
・ヘルニア

右季肋部
・肝臓の炎症（肝炎）、膿瘍
・胆嚢炎、胆石
・右肺または心臓の病変

左側腹部
・左腎の炎症、感染症（腎盂腎炎）
・尿管の疝痛（腎臓からの結石が尿管に詰まって起きる）

下腹部
・膀胱炎、結石、尿閉

＊1　正式な医師免許を持つ医師。　＊2　一次医療医（かかりつけ医）。高齢者が多い国では診察回数が多くなりがちだ。

第8章　人体と医療　211

03 | 病気の原因は こうして特定する
MEDICAL INVESTIGATIONS

1895年のX線の発見により、体を傷つけずに撮影した体内の画像という、新たな驚くべき世界が開かれた。その直後の1903年には、心臓の電気パルスを測定する方法（心電図）が開発された。現在では、10種類を超えるX線法やスキャン法によって、飲み込んだクリップから狭くなった動脈や腫瘍の成長など、あらゆる種類の問題の診断が行われている。
また、心電図の原理は脳や目などの器官にも応用されている。

放射線検査（数字は被ばく量）

X線の発見とほぼ同時に、その悪影響も明らかになった。（ほとんどの地域では、患者（および日常的に被ばくしているスタッフ）が受けるX線照射量に上限が設けられている。

μSv＝マイクロシーベルト、放射線量の測定単位の1つ

0.1-1 空港のスキャナー
3,000 1年間に受ける自然放射線の平均値
20,000-30,000 全身CT

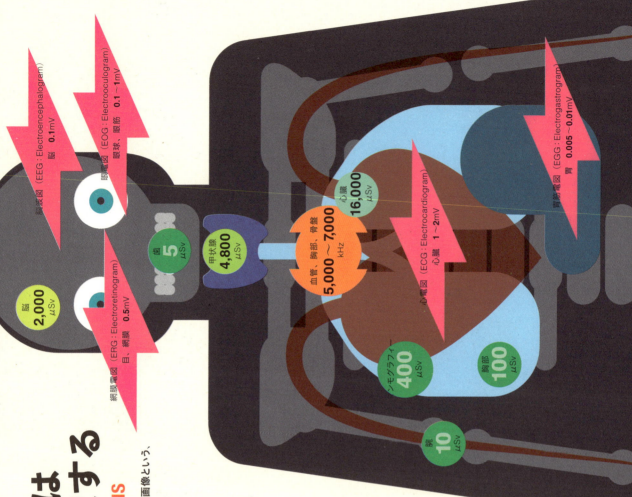

CTスキャン
X線
核医学検査
冠動脈造影

体を傷つけない画像化技術の進歩

- **1895** X線
- **1896** X線造影
- **1903** 心電図
- **1949** 超音波
- **1972** C(A)T コンピューター（断層）撮影
- **1973** PET ポジトロン断層法
- **1977** MRI

腹部 **15,000** μSv

筋肉、表面組織 **10,000〜15,000** kHz

腹部、胎児 **2,500〜3,500** kHz

筋電図（EMG：Electromyogram）
骨格筋 **0.05〜30** mV

EDA 皮膚電位*3
皮膚 該当なし

一般的な電圧
mV*1 *2

一般的な周波数
kHz

電気的記録

体の表面につけた電極パッドやクリップ式電極で、脳や神経、心臓などのパーツから出る微小な電気パルスを検出する。

超音波検査

人間の耳には高すぎて聞こえない音を超音波と呼ばれ、うまく調節すれば体のさまざまな部分の画像を得ることができる。
1 kHzニキロヘルツ＝1秒あたり1000回の音の振動（周波数）

- 10 高齢者に聞こえる最も高い音
- 20 若者に聞こえる最も高い音
- 60 犬に聞こえる最も高い音
- 200 コウモリに聞こえる最も高い超音波
- 2,500〜15,000 医療用の超音波

MRI（磁気共鳴画像法）

とても強力な磁石を使って体内の水素原子を整列させる。1テスラは磁気の強さ、もっと技術的に言えば1m²あたり1ウェーバの磁束密度（1kg毎秒毎秒毎アンペア）になる。

- 0.00005 地球の自然磁場
- 0.005 冷蔵庫用マグネット
- 1 鉄くず回収用磁石
- 1.5〜3 一般的なMRIスキャナー（人間用）
- 7〜15 強力なMRIスキャナー（動物用）
- 50+ 科学的な研究用の磁石

*1 mV＝ミリボルト＝0.001または1/1000ボルト。
*2 これらの機器の多くは、主に電圧ではなく、生じた電圧の変化を測定するものだ。
*3 電気皮膚反応（GSR）。皮膚からどのくらいの電気が生じているかではなく、ポリグラフや「嘘発見器」で使われるように皮膚がどのくらい電気を通すかを測定する。

第8章 人体と医療

04 外科手術の最新レポート
SURGICAL MEDICINE

最近では、体に手を加えて作り変える手術にメスが使われるとは限らない。注射や化学薬品、レーザーなど、さまざまな方法がある。手術率は世界中で大きく異なり、各国の健康問題や年齢構成、健康水準や医療水準がある程度影響している。例えば、脂肪吸引術は豊かな国で最も多くなる傾向があるし、白内障手術は高齢化社会の方が比較的多く行われている。

世界各国の手術率
1年に1回以上手術を受けた人の割合。

中国 1/40
アルゼンチン 1/30
イギリス 1/14
オーストラリア 1/9
アメリカ 1/6

美容整形の処置件数
外科的（手術）、非外科的（注射など）を含めた1年あたりの処置件数。特定対象国での調査結果。
世界の合計：女性は2400万人以上、男性は300万人以上。

24,000,000

美容整形手術のトップ5
（総数に対する割合）

- まぶた 15%
- 脂肪吸引 14%
- 豊胸 14%
- 脂肪移植 10%
- 鼻形成術 9%

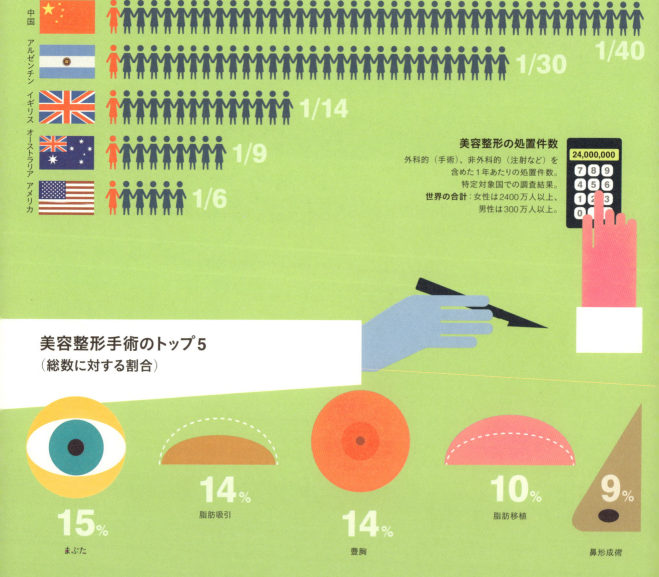

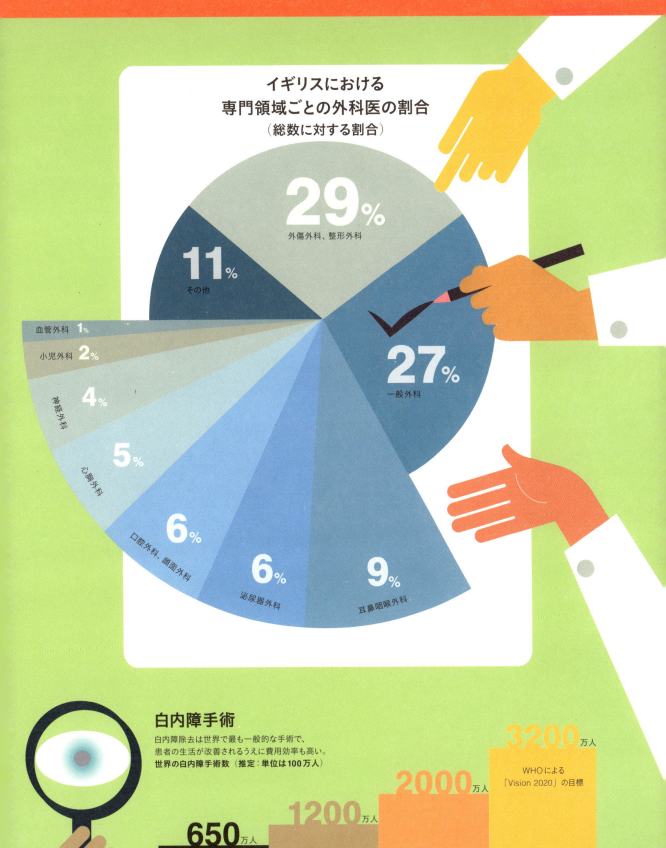

05 お薬、処方します
MEDICAL DRUGS

普通の食べ物や飲み物以外で、体の変化を引き起こすものなら何でも薬だといえる。薬といっても命を救う抗生物質や「血栓溶解薬（クロットバスター）」から、命を脅かす乱用薬物までいろいろなものがある。世界中で認可される薬は毎年増えており、支出もどんどん増えている。病気や遺伝についての理解が深まり、オーダーメードの薬をより速く、より安く作ることができるようになれば、「個別化医療」の新しい時代が来ると考えられている。

代表的な処方薬

世界的に普及している7種類の処方薬の一般（化学）名または種類と治療効果を示した。

ヒドロコドン
治療効果／鎮痛（麻薬性）、鎮咳剤（しばしばアセトアミノフェン、イブプロフェンといっしょに配合される）

高血圧治療薬
種類／ACE阻害薬、カルシウム拮抗剤など
治療効果／高血圧、心臓病の緩和

スタチン系
種類／プラバスタチン、ロバスタチンなど
治療効果／LDL「悪玉」コレステロールの減少

メトホルミン
治療効果／経口糖尿病治療

レボチロキシン
治療効果／甲状腺ホルモン欠乏症

オメプラゾール
治療効果／胃酸の逆流、消化管の潰瘍と出血

アジスロマイシン
種類／他にもアモキシシリンなど
治療効果／細菌性疾患に対する抗生物質

世界を変えた医薬品

1805 モルヒネ
効果的な鎮痛剤で、今でも依存症を防ぐために医師の管理下で使われている

1830s アスピリン
鎮痛剤、抗凝固薬、抗炎症剤
それ以外の効果も発見されている

1909 アルスフェナミン
（商品名サルバルサン）
梅毒の治療に使われた。
化学療法の最初の「魔法の弾丸（特効薬）」

処方薬への世界の支出額

単位は10億アメリカドル

年	金額
2008	840
2010	885
2012	935
2014	1,000
2016	1,100（推定）
2018	1,250（推定）
2020	1,420（推定）

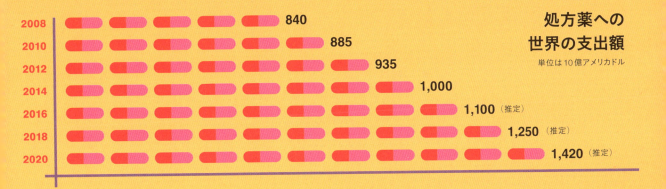

処方薬の商標名

最近（2012年以降）の平均で、世界的に売上高の高い7つの医薬品の商標名を示した。（　）は一般名または化学名。

リピトール（アトルバスタチン）
治療効果／LDLコレステロールの低下

ネキシウム（エソメプラゾール）
治療効果／胃酸の逆流などの疾患

プラビックス（クロピドグレル）
治療効果／脳卒中、心臓発作などに対する「抗凝固薬」

セロクエル（クエチアピン）
治療効果／統合失調症、双極性障害、大うつ病などの精神疾患

シングレア*1（モンテルカスト）
治療効果／喘息、アレルギーなどの疾患

エビリファイ（アリピプラゾール）
治療効果／統合失調症、双極性障害、大うつ病などの精神疾患

アドエア（サルメテロール・フルチカゾン）
治療効果／喘息、慢性閉塞性肺疾患（COPD）などの疾患

1921 インスリン
最初のホルモン治療薬。糖尿病の治療用で飛躍的な成果をおさめた

1928 ペニシリン
最初の重要な抗生物質。第2次世界大戦末期になって大量生産された

1951
クロルプロマジンやハロペリドールなどの抗精神病薬は、統合失調症などの精神疾患の治療に役立った

1962 フロセミド
心臓病、心臓麻痺、高血圧など（ジゴキシンに取って代わった）

*1 訳注：日本では商品名シングレア（MSD）、キプレス（杏林製薬）の2ブランドで販売されている

第8章　人体と医療

06 | がんとの闘い WARS AGAINST CANCERS

がんには200以上の種類があり、体の多くの部位に影響を及ぼす。その原因となっているのが変異を起こした細胞だ。それらの細胞は、同じ種類の細胞であらかじめプログラムされている通常のライフサイクルに従わず、増殖をはじめて手がつけられなくなる。腫瘍を形成し、他の部位に広がってそこで増殖する転移というプロセスを経て、悪性すなわち、がん性となるのだ。ここ数十年の間に、多くのがん患者の平均余命は長くなり、一部のがんでは劇的に改善された。

世界的なデータ

最近では1年あたり1400万人、つまり1分あたり27人ががんと診断されている。1年あたり800万人、つまり1分あたり16人ががんで死亡している。

世界で最も一般的ながんトップ10

(カッコ内は割合、%)

- 第1位 肺*1 (13%) 17%
- 第2位 乳房 (12%) 89%
- 第5位 胃 (7%) 28%
- 第6位 肝臓 (6%) 6%
- 第8位 食道 (3%) 98% 甲状腺
- 第10位 非ホジキンリンパ腫 (3%) 85%
- 91% 皮膚メラノーマ
- 6% 膵臓

*1 喫煙は圧倒的な原因で、全症例の80〜90%に関係があると推定されている。

83% 子宮
68% 頸部
第7位 子宮頸部 (4%)
第9位 膀胱 (3%)
第3位 結腸、直腸 (10%)
65%
第4位 前立腺 (8%)
99%
95% 精巣

がんの生存率

非黒色腫皮膚がんを除くすべてのがんでのデータ（イギリス）

年＝診断された年
5年生存率
10年生存率

女性 男性

1971 1981 1991 2001 2011（推定）

国ごとに見たがんの症例数（万人／年）

年齢調整罹患率は、より公平な比較をするためにその国の年齢構成ではなく基準年齢構成で調整した。

2,840 デンマーク
2,730 フランス
2,560 フィンランド
2,340 ブルガリア
2,170 日本

3,380 ドイツ
3,250 イギリス
3,210 ベルギー
3,180 アメリカ
3,070 アイルランド

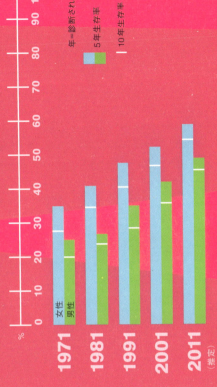

％
生存率
代表的ながんの5年生存率
アメリカでのがんの代表的な5年生存率（診断から5年後に生存している患者の比率）を示した。

第8章　人体と医療

07 人体の
スペアパーツ
THE SPARE-PART BODY

人工器官というのは、できれば本物のように見え、理想としては本当のもののように働く人工の、または合成された体のパーツのことだ。義足や総入れ歯のように装着できるものもあれば、ペースメーカーのように外科的に体内に入れたりインプラントしたりするものがある。移植では通常、別の人間から提供された本物の生きている体のパーツが用いられる。医学の進歩によって、ほとんどの地域でほとんどの器官に対する需要が供給を追いこしてしまったため、常に順番待ちとなっている。

1　紀元前約1,000年　人工のつま先（エジプトのミイラ）
2　紀元前700年頃　入れ歯（先ローマ時代）
3　紀元前300年　義足（最古）
4　1500年代　手（機械的な関節のある手足、動く関節）
5　1790年　総入れ歯（固定式）
6　1901年　血液（同じ血液型での輸血）
7　1905年　目の角膜
8　1940年　人工股関節（1960年代に大幅に改善）
9　1943年　腎臓透析機（固定型）
10　1950年代　人工肩関節（モジュール式）
11　1952年　機械弁（ボール・アンド・ケージ/弁の設計）
12　1953年　人工血管（合成素材）
13　1954年　腎臓
14　1955年　心臓弁
15　1958年　埋め込み式心臓ペースメーカー
16　1960年代　筋電義手（切断面からのシグナルで制御）
17　1962年　人工乳房インプラント（シリコン）
18　1963年　肺
19　1966年　膵臓
20　1967年　肝臓
21　1967年　心臓

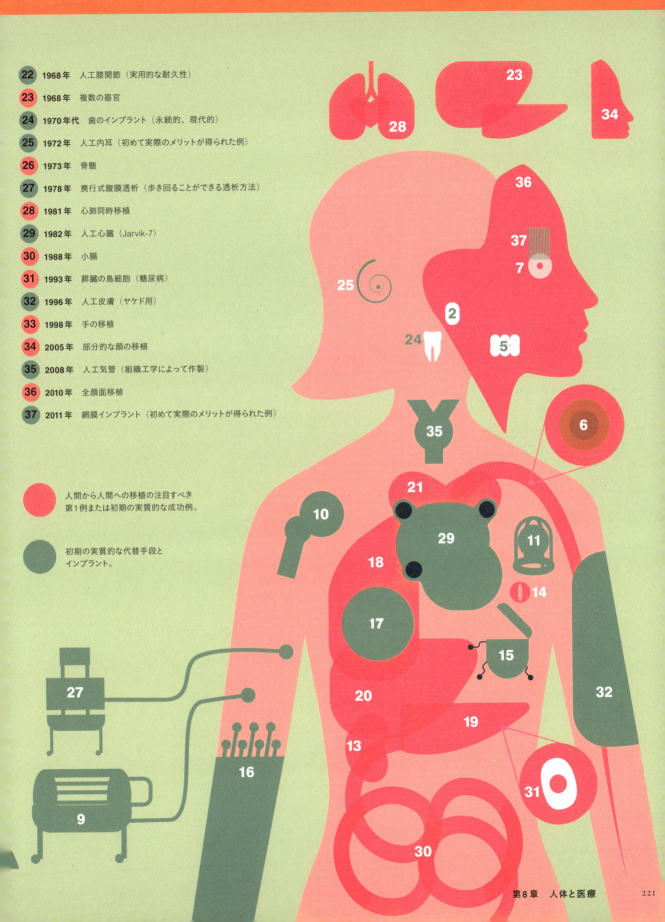

08 | 子どもをつくるための医学、子どもをつくらないための医学
BABIES AND MEDICINE

1年間「子作り」に励んだ後、10組に8組のカップルは妊娠することになる（女性では通常45歳まで）。あとの2組は専門家の助言が必要かと思い始め、1～2年後には不妊治療や生殖補助医療を考えるようになる。もちろん、さまざまな形の避妊法を利用して子どもができないようにすることも、同じくらい重要だ。

生殖補助医療

成功率を判断するのは難しい。これは、卵子や精子を「銀行」に預けて将来使う方法もあること、年齢やホルモンの状態、医師の技術といった多くの要素が関わっているためだ。生殖補助医療を行っている女性のうち、3年以内に赤ちゃんを授かる人は平均30～50％になる。

排卵誘発剤
ホルモンの周期と排卵を刺激または調節し、卵巣から成熟した卵子を排卵させる。
男性の不妊治療ではテストステロンなどが使われる。

人工授精／精子提供による人工授精／子宮腔内授精（AI／DI／IUI）
受精率を高めるためにパートナーまたはドナーの精子を処理し、排卵期に子宮か子宮頸部に注入する。

手術
女性では卵管が詰まったり狭くなったりしている場合や子宮筋腫などの治療で行われ、男性では精巣または精管の問題の治療で行われる。

配偶子卵管内移植（GIFT）
体外受精（IVF）に似た初期段階の治療。健康で成熟した精子と卵子を卵管内に移植する［訳注：ZIFTとともに現在の日本ではまれ］。

接合子卵管内移植（ZIFT）
体外受精（IVF）に似た初期段階の治療。受精卵か初期胚（接合子）を卵管に戻す。

代理出産
赤ちゃんを得る方法はAI、IVF、妻の卵子（または提供された卵子）と夫の精子（または提供された精子）を用いる場合などさまざまだ。妻以外の代理母が妊娠出産を行う。

代表的な避妊方法とその失敗率（％）

さまざまな避妊方法の効果について、理想的な使い方をした場合の理論的な数字ではなく、いつも通り日常的に使った場合の世界的な推定値を示した。この図では、1年間の女性100人あたりの妊娠数を示している。

1%（未満） 女性　ホルモン剤のインプラント

70～80% 避妊なし

2～10% 男性　コンドーム

1～5% 避妊用ピル（各種）

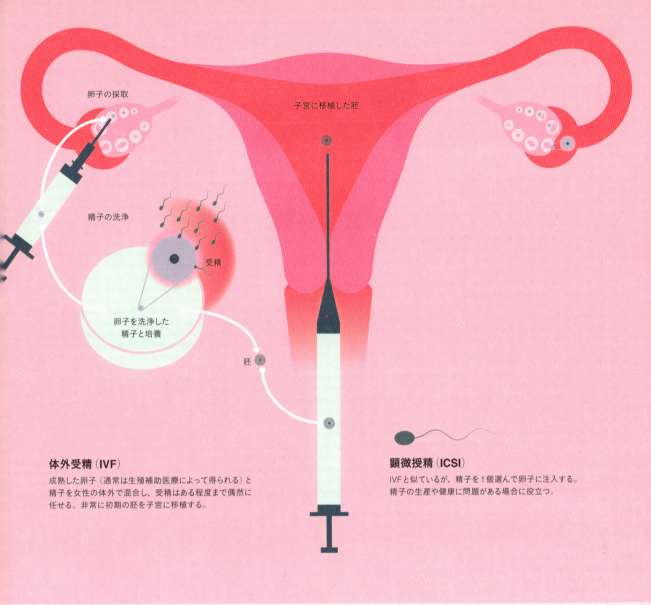

体外受精（IVF）
成熟した卵子（通常は生殖補助医療によって得られる）と精子を女性の体外で混合し、受精はある程度まで偶然に任せる。非常に初期の胚を子宮に移植する。

顕微授精（ICSI）
IVFと似ているが、精子を1個選んで卵子に注入する。精子の生産や健康に問題がある場合に役立つ。

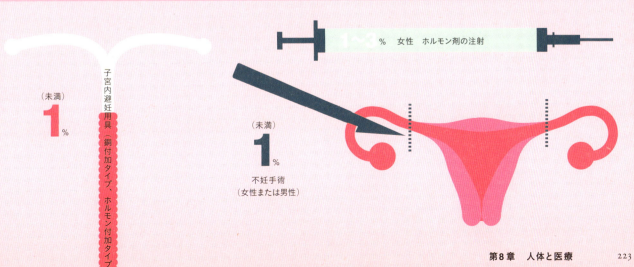

第8章　人体と医療

09 幸せな人、不幸せな人
HOW HEALTHY AND HAPPY?

ここ数十年間で、健康や幸福とウェルビーイング［訳注：身体的、精神的、社会的に良好な状態にあることを意味する概念］を測る方法は大きく進歩した。これは1つには、政府や医療従事者、ソーシャル・ワーカーなど多くの人々が協力し、とらえどころのない概念の評価方法を定めてきたからだ。どんな要素を含めるべきか？　どの要素が最も重要か？　どんな言葉を使って質問するべきか？　誰もが認めているのは、指標を設定したり測定を行ったりすること、また時間を追って追跡し、結果を地域や国の間で比較することが可能だということだ。

ワースト5　トップ5　数値は幸福度を示している

あなたが健康かつ幸福でいるために必要なこと

- 十分な収入と豊かな資産
- 仕事、収入、雇用の見通し
- 心地よい住居と満足のいく生活状況
- 良質な地元の環境、またはより広域の良質な環境
- 良い健康状態
- 適度なワークライフバランス
- 十分な学歴と満足な教育
- 一定程度の技能
- 豊かな社会生活、人脈、家族、友人
- 市当局および政府当局との積極的な関わり
- 個人的な安心感
- 主観的なウェルビーイング

INDEX

【A-R】

ABSI（a body shape index：ボディ・シェイプ・インデックス）
BMIの改良版で、体脂肪の分布を考慮するために腹囲も計算に入れている。ABSIの計算式：腹囲（m）÷BMI$^{2/3}$×√身長（m）..................007

BMI（Body mass index：ボディ・マス・インデックス）
体重と身長を関連づけて健康状態を推測するために考案された数式。計算式は、体重（kg）を身長（m）の2乗で割ったもの（体重／身長^2）。..................007

DNA
人体の遺伝的形質を支配する遺伝物質であるデオキシリボ核酸のこと。
..................003, 012, 072, 076-7, 079, 080, 084-5, 086, 094, 184

ECG（electrocardiogram：心電図）
心臓の電気パルスの測定方法。..................212

EEG（electroencephalogram：脳電図）
脳の電気的活動の測定方法。..................179, 212

MRI（Magnetic resonance imaging：磁気共鳴画像）
強い磁場とラジオ波領域の電波を使って体の軟部組織と骨の画像を生成する診断技術。..................213

RNA
リボ核酸。細胞内のDNAとタンパク質を作るシステムの間のメッセンジャーとして働く。..................080-1, 082, 085

【あ-お】

悪性細胞
無秩序に増殖して急速に広がる傾向をもつ変異した細胞で、死をもたらすこともある。..................208, 218

アミノ酸
タンパク質の構成要素。..................073, 081, 082-3, 090

遺伝子
DNAの中でも、受け継いだある性質に関する遺伝的指令を含んでいる部分。人間のDNAには、体とそのパーツの発達、機能、維持、補修を制御する数千個の遺伝子が含まれている。..................046-7, 076, 078-9, 080-1, 082-3, 084-5, 090-1, 092-3, 186, 209

ウェルニッケ野
言語、特に発話と書き言葉の理解に関わる脳領域。
..................151, 159

羽状角（うじょうかく）
羽状筋での筋肉の長軸と筋線維のなす角度。伝達される力の量や、筋肉と骨格の連携のしかたに影響を及ぼす。
..................047

塩基対（えんきつい）
DNAの2本の鎖をハシゴの横木のようにつなぐ相補的な塩基対のこと。..................077, 080, 084-5

延髄（えんずい）
脳の下にある部位で、心拍数、呼吸数、血圧、消化活動といった多くの自動的（自律的または不随意的）なプロセスや動作、反射に関わる。
..................129, 164, 181

黄体
排卵後に卵巣で発達してホルモンを分泌する細胞の集合体。
..................186

【か-こ】

概日性（がいにちせい）
文字通り「おおむね1日」という意味の24時間の活動サイクルのこと。人体の日周リズムはこれに従っている。
..................176-7

海馬（かいば）
記憶の固定と空間記憶に関わる脳領域。
..................173, 174-5, 181

外皮系
皮膚、毛髪、爪、汗腺に関わる人体の系で、保護、体温調節、老廃物除去を担う。..................024

嗅覚
においの感覚。脳内にある嗅覚の中枢は嗅球である。
..................025, 106, 110-1, 112, 120-1, 173, 181

橋（きょう）
脳の上部と下部をつなぐ部位。嚥下や排尿、睡眠、夢といった基本的なプロセスをコントロールしている。
..................128, 155, 164

胸腺（きょうせん）
首から胸にかけて位置する特殊なリンパ腺で、病気と闘うための特殊な白血球を産出する。
..................022, 025, 141, 194

屈筋（くっきん）
関節を曲げる筋肉の総称。..................034

グリア細胞
神経細胞を支えてあるべき位置に保つ、文字通りの「接着剤」細胞。………………………………… 162

ケラチン
毛髪と爪に見られる繊維状のタンパク質。… 074, 080, 153

減数分裂
卵子と精子を作るために行われる細胞分裂。できあがった細胞の染色体数は半分になる。………………… 184

甲状腺
首にあり、代謝と体内のプロセスの速度を調節している。
……………………… 022, 025, 026, 140, 212, 216, 218

酵素
特定の反応をもたらす生体触媒の働きをするが、最終的には不変のままである物質。
…………………… 064-5, 068, 073, 080, 085, 088-9, 141, 189

コラーゲン
結合組織の構造タンパク質で強度とクッション性をもたらす。
………………………………………………… 074, 080, 153

【さ−せ】

細静脈
毛細血管から血液を集めている細く枝分かれした静脈。
………………………………………………… 033, 044-5

細動脈
動脈から枝分かれした細い動脈で、さらに枝分かれしたものが毛細血管となる。……………………… 033, 044-5

細胞呼吸
細胞の中でエネルギーを作るための化学的プロセスで、二酸化炭素が生じる。………………………………… 040

細胞小器官
細胞内の核やミトコンドリアといった特殊な構造体。
………………………………………………… 072, 074, 082

軸索
神経細胞(ニューロン)の糸のような部分で、神経パルスを次のニューロンの樹状突起に伝達する。
………………………………………… 074, 130-1, 154, 162

自己免疫反応
自分自身の健康な細胞や組織に対する免疫応答。… 208

思春期
発達において生殖器と体が成熟する段階。… 186-7, 199

視床
脳にある対になった卵形の塊で、大脳皮質と意識の「門番」の働きをする。………… 103, 138, 154, 156, 175, 181

視床下部
情動の身体的表出に関わる脳領域。……… 138, 144, 175

シナプス
神経細胞同士の接合部にある小さな隙間。
………………………………………… 089, 130-1, 163, 170

樹状突起
神経細胞から伸びる突起で、他の細胞からシナプスで受け取った化学的シグナルを、神経パルスとして細胞の本体に伝達する。……………………………………… 074, 130-1, 162

松果腺
脳にある腺で、睡眠・覚醒パターンを調節するホルモンのメラトニンを産生する。………………………………… 177

小脳
脳の後部下側にあり、筋肉の調整に関わる部位。
………………………………………… 155, 157, 162, 164, 173

自律神経系(Autonomic Nervous System：ANS)
神経系の一部で、消化、心臓の拍動、呼吸といった体内の機能を自動的に制御している。交感神経系と副交感神経系に分けられる。………………………………………… 136-7

自律神経系の交感神経
(Sympathetic Autonomic Nervous System：SANS)
心拍数と呼吸数を増やしてより効率的に反応できるようにするなど、闘争・逃走反応の激しい活動に対処するための神経系。………………………………………………………… 136

伸筋
関節をまっすぐにする、または伸ばす筋肉の総称。…… 034

神経節細胞
網膜から視神経を介して脳まで情報を伝達するニューロン。………………………………………………… 100, 176

神経伝達物質
神経細胞から放出される化学物質で、シナプスを横断して神経シグナルを伝達する。…………………………… 131

人工器官
人工または合成された体のパーツ。………………… 220-1

深部感覚
人体のパーツの位置や姿勢、動きがわかっているか意識していること。…………………………………………… 116-7, 121

髄膜
脳を囲む3層の保護膜。............152-3

静脈
心臓の方に血液を運ぶ血管。............022-3, 044-5, 160

接合子（受精卵）
受精した後の新しい個体の最初の細胞。............188, 222

染色体
遺伝子の指令を運ぶDNA鎖を含んだ物質。人間には23対の染色体がある。............076, 078-9, 082-3, 084, 086, 090-1, 092, 184-5, 186, 188-9

前庭器
バランスに関する内耳構造の一般名。............118

蠕動
食物の移動を助ける筋肉の不随意な収縮波。............065

前頭葉
脳の一部で、感情的な機能、重要な認知の機能（問題解決など）、短期記憶に関与し、さらには記憶の要素を意識と組み合わせることにも関係している。
............023, 113, 120, 173, 175, 181

【た-と】

胎児
人間の発達の第二段階で、受精後9週目から誕生までを指す。............186, 188, 190-1, 192-3, 213

代謝
体のあらゆる細胞で起きている化学反応や変化やプロセス（これらの多くは互いに関連し依存しあっている）を表す言葉。
............054-5, 060-1, 068, 088-9, 139, 140, 143, 178, 209

体性感覚皮質
脳にある触覚中枢。............114, 122

大脳
脳の最大の部分で2つの大脳半球からなり、思考や運動、感覚、コミュニケーションを担う。
............023, 120, 152, 154-5, 157, 162, 175, 178, 181

大脳基底核
随意運動の制御に関わる脳領域。............157

大脳辺縁系
感情や気分に関わる脳の構造物の総称。............174

中軸骨格
骨格の一部で、頭蓋、顔、脊柱、胸郭からなる。............028

中脳
自動的な体の維持に関わる脳領域。............128, 154, 164

腸絨毛
容積を増やさずに表面積を増やすため、細胞の上部や周囲に見られる糸のような突起。............064

転移
がんがある部位から別の部位に広がること。............208, 218-9

頭頂葉
感覚情報の調整を担う脳葉。............120

動脈
心臓から血液を運び出す血管。
............022-3, 033, 042, 044-5, 160, 190, 212

透明帯
卵子を取り囲み、複数の精子が通過するのを防ぐ厚い膜。
............189

【な-の】

内分泌系
細胞や器官の活動を調節するホルモンを生産し分泌する腺からなる。成長、代謝、性的発育など多くプロセスの調節を行っている。
............025, 126, 136, 138, 140, 177

ニューロン
神経系の基本的な細胞である神経細胞のこと。
............074, 088-9, 110, 130, 155, 162, 170, 172

ヌクレオソーム
DNAが折り畳まれる際の基本的な構成単位。DNA鎖でできたネックレスの「ビーズ」のように見える。............077

脳下垂体
内分泌系の「最上位の腺」で脳のすぐ下に位置する。
............138, 145

脳幹
脳と脊髄をつなぐ部分で、呼吸や鼓動といった人体の基本的なプロセスの中枢がある。............155, 164

脳弓
記憶の感情的な面に関与する脳の一部。............175

脳脊髄液（Cerebrospinal Fluid：CSF）
脳を浮かべている液体であり、脳を物理的に保護し、老廃物を除去し、血圧を調節し、一部の栄養素を供給している。
............148, 153, 160

脳梁(のうりょう)
　　左右の大脳半球をつなぐ脳の中の「橋」。……023

【は－ほ】

胚(はい)／胎芽(たいが)
　　人間の発達の最初の段階で、受精後9週目から胎児と呼ばれるようになる。……016, 189, 192, 222

バイオリズム
　　睡眠／覚醒パターンや体温の変動のような繰り返されるサイクルのこと。……068, 139, 140, 176, 181

配偶子
　　性細胞で、染色体の数が通常の細胞の半分になっている。男性の配偶子は精子、女性の配偶子は卵子になる。……184-5, 188, 212

肺胞
　　肺の小さな袋。ガス交換を行うのに必要な膨大な表面積が得られる。……040, 089

皮質
　　脳の「灰白質」の部分で、意識やほとんどの思考プロセスを司る部位。大脳の外層にあたる。……023, 111, 113, 114, 120-1, 122-3, 141, 151, 152-3, 154-5, 162, 175, 178, 181

副交感神経の自律神経系
　（Parasympathetic Autonomic Nervous System：PANS）
　　自律神経系の一部で、心拍数と呼吸数を抑えて人体のエネルギーを節約するといった働きをする。……136-7

付属肢骨格(ふぞくしこっかく)
　　両手と両足の骨格。……029

ブローカ野
　　言語（特に発話）に関わる脳領域。……159

ヘモグロビン
　　体中に酸素を運ぶ血液細胞の中にある赤色の化学物質。……066, 074, 082-3

扁桃体(へんとうたい)
　　記憶の処理と強化、さらには感情と関わりのある脳領域。……173, 174, 181

ホルモン
　　人体をコントロールするために内分泌系で作られる化学物質。……025, 042, 074, 089, 126, 138, 140-1, 142, 144-5, 176-7, 178, 186, 191, 216-7, 222-31

【ま－も】

末梢(まっしょう)神経系
　　脳と脊髄を除く体のすべての神経のこと。……137

ミエリン鞘(しょう)
　　神経細胞の軸索を覆っている脂肪質の物質。軸索を伝わる神経パルスのスピードを上げる。……074, 131, 162

ミトコンドリア
　　細胞質基質中にあるエネルギーを生成する構造体。……073, 074, 094

毛細血管
　　人体で最も細い血管。……033, 040, 044-5, 144, 160-1

【ら－り】

卵胞
　　卵巣に見られる細胞の集合で、月経周期に影響を及ぼすホルモンを分泌する。通常は月経周期のたびに1つの卵胞から1つの卵子が生じる。……186

リンパ系
　　全身の体液の排出、老廃物の回収、人体の修復と防御を担う系。……024, 032-3

INFORMATION

NEW SCIENTIST
起源図鑑
ビッグバンからへそのゴマまで ほとんどあらゆることの歴史

文=グレアム・ロートン　絵=ジェニファー・ダニエル　訳=佐藤やえ

大好評発売中

英国発の人気科学雑誌『New Scientist』が
Google社の気鋭クリエイティブ・ディレクターと共同制作！
銀河、生命、睡眠、お金、酒、文字、時間、インターネット、核兵器
――
最新の科学が解き明かす、万物の〈始まり〉の物語
スティーヴン・ホーキング博士による特別寄稿を収録！

第1章 宇宙／第2章 地球／第3章 生命
第4章 文明／第5章 知識／第6章 発明

2017年12月発売／W189×H246mm／ソフトカバー／本文4C
256ページ／ISBN 978-4-7993-2207-9／本体価格2800円

BEYOND HUMAN
超人類の時代へ
今、医療テクノロジーの最先端で

著＝イブ・ヘロルド　訳＝佐藤やえ

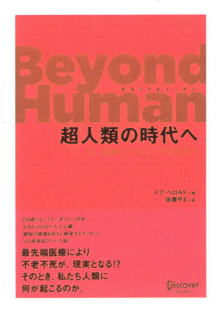

250歳になっても、若々しい内体。止まることのない人工心臓。
細胞の損傷を直ちに修復するナノボット。AIと直接結びついた脳。
最先端医療により不老不死が、現実となる⁉
そのとき、私たち人類に何が起こるのか。

第1章 人とテクノロジーが融合するとき／第2章「生まれたときからの心臓より調子いい」
第3章 腎臓、肺、肝臓の疾病の克服を目指して／第4章 糖尿病？ それならアプリをどうぞ
第5章 治療と能力増強（エンハンスメント）の境界線／第6章 よりよい脳を構築する
第7章 エイジレス社会／第8章 ソーシャルロボットの時代／第9章 超人類の時代へ

2017年6月発売／四六判／ハードカバー／本文1C
384ページ／ISBN 978-4-7993-2116-4／本体価格2500円

BODY 世にも美しい 人体図鑑

発行日　2018年12月15日　第1刷

Author	スティーブ・パーカー
Illustrator	アンドリュー・ベイカー
Translator	千葉啓恵（翻訳協力：株式会社トランネット）
Book Designer	chichols
Publication	株式会社ディスカヴァー・トゥエンティワン 〒102-0093　東京都千代田区平河町2-16-1 平河町森タワー11F TEL 03-3237-8321（代表）　FAX 03-3237-8323　http://www.d21.co.jp
Publisher	干場弓子
Editor	松石悠

Marketing Group
Staff　小田孝文　井筒浩　千葉潤子　飯田智樹　佐藤昌幸　谷口奈緒美　古矢薫　蛯原昇　安永智洋
　　　鍋田匠伴　榊原僚　佐竹祐哉　廣内悠理　梅本翔太　田中姫菜　橋本莉奈　川島理　庄司知世
　　　谷中卓　小木曽礼丈　越野志絵良　佐々木玲奈　高橋雛乃

Productive Group
Staff　藤田浩芳　千葉正幸　原典宏　林秀樹　三谷祐一　大山聡子　大竹朝子　堀部直人　林拓馬
　　　塔下太朗　木下智尋　渡辺基志

Digital Group
Staff　清水達也　松原史与志　中澤泰宏　西川なつか　伊東佑真　牧野類　倉田華　伊藤光太郎
　　　高良彰子　佐藤淳基

Global & Public Relations Group
Staff　郭迪　田中亜紀　杉田彰子　奥田千晶　連苑如　施華琴

Operations & Accounting Group
Staff　山中麻吏　小関勝則　小田木もも　池田望　福永友紀

Assistant Staff　俵敬子　町田加奈子　丸山香織　井澤徳子　藤井多穂子　藤井かおり　葛目美枝子　伊藤香
　　　　　　　鈴木洋子　石橋佐知子　伊藤由美　畑野衣見　井上竜之介　斎藤悠人　宮崎陽子　並木楓　三角真穂

Proofreader	株式会社鷗来堂
DTP	株式会社RUHIA
Printing	シナノ印刷株式会社

・定価はカバーに表示してあります。本書の無断転載・複写は、著作権法上での例外を除き禁じられています。
　インターネット、モバイル等の電子メディアにおける無断転載ならびに第三者によるスキャンやデジタル化もこれに準じます。
・乱丁・落丁本はお取り替えいたしますので、小社「不良品交換係」まで着払いにてお送りください。

本書へのご意見ご感想は下記からご送信いただけます。
http://www.d21.co.jp/contact/personal

ISBN 978-4-7993-2407-3
©Discover 21, Inc., 2018, Printed in Japan.